梁科慶
陳嘉薰

Q版特工 x 嘉薰醫生：真生再見

作者／梁科慶　陳嘉薰
總編輯／黃幗坤
責任編輯／劉綺華
美術設計／blacktony
出版發行／突破出版社
香港沙田亞公角山路33號突破青年村
電話：2632 0000　傳真：2632 0388
電郵：breakthrough@breakthrough.org.hk
網址：http://www.breakthrough.org.hk
http://www.btproduct.com
承印／海洋印務
2013年7月初版1刷

The Secret Agent x Dr Gavin: Chun Sheng, are you ?
by Leung For-hing & Gavin Chan
First Printing, First Edition, July 2013

Printed in Hong Kong
ISBN 978-988-8073-87-0

誠邀閣下就突破出版社的書籍發表意見。

歡迎加入突破書籍 Facebook — http://www.facebook.com/btbooks

本書採用環保油墨印刷

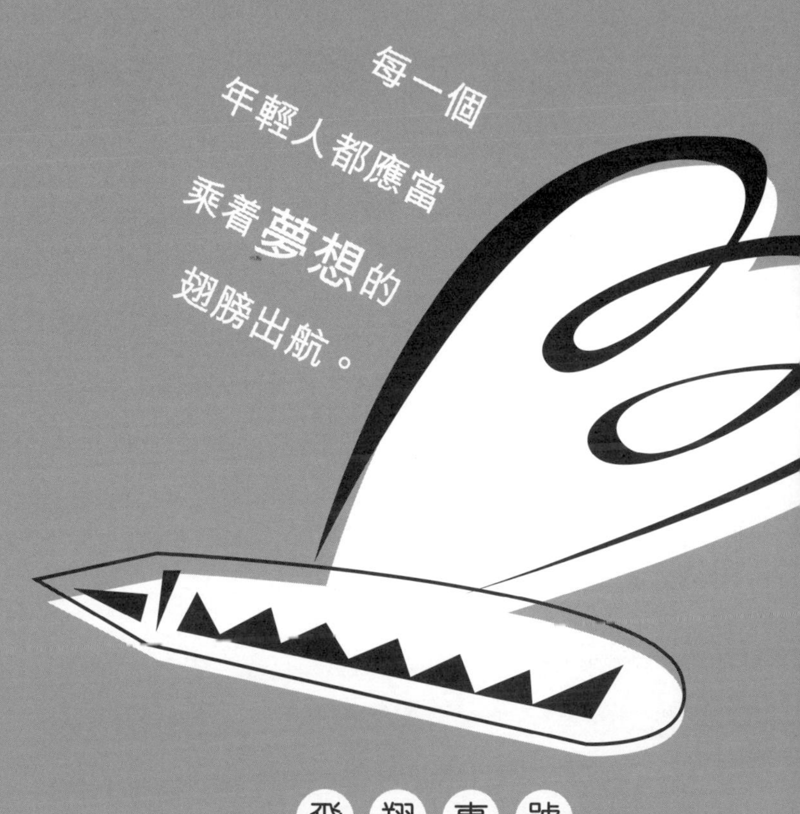

飛翔專號

目錄

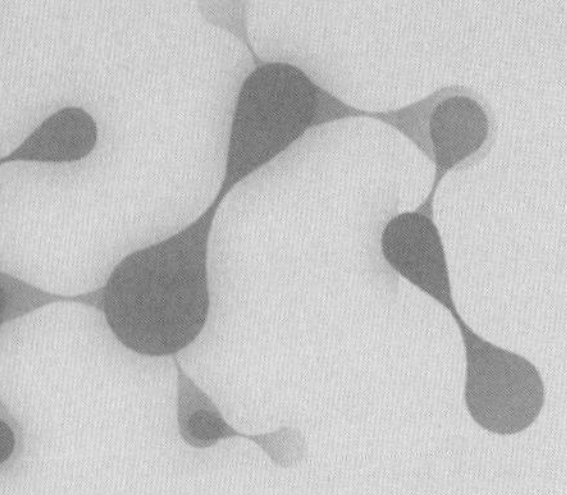

1 神祕女孩

匆匆側影，阿Wing為之忘形，R在高處目睹一切……

1

「新來的靚女，收貨啦。」送貨工人匆匆運來兩箱紙包奶，把貨單拋落收銀櫃檯之上，「卸在雪櫃旁邊，可以嗎？」

「可以。」女孩子拉開櫃檯的抽屜，揀出印章。

貨車泊在街角「不准停車等候」的交通標誌下面等候，為免司機收到違例泊車告票，送貨工人熟練地卸下紙包奶，迅速折返收銀櫃檯。女孩子剛在貨單上蓋印簽收，送貨工人已伸手把貨單撿起，馬不停蹄的推門離去，仍不忘拋下一句「靚女，明天見」。

「靚女，你點貨還是我點貨？」旁邊的娥姐雙手叉腰，瞄一眼送貨工人的背影，嘀咕：「我不靚嗎？」

「你最靚。你繼續收錢。粗重工夫，讓我做吧。」女孩子關上自己負責的收銀機，走到雪櫃前面，預備點算紙包奶的數目，然後把奶放進雪櫃裏。

紙包奶，令女孩子想起一位愛喝鮮奶的朋友。

愛喝鮮奶的成年人，代表什麼？

着重健康？滿有活力？抑或仍是大男孩一個？

當女孩子拿起第一盒紙包奶時，聽見突如其來的一聲「砰」。

這轟然的聲音，聽起來有點模糊，像來自遠隔幾重山的鞭炮聲，越空而至；但在香港這地方，鞭炮聲並不尋常，那會是什麼呢？

這問題馬上惹起女孩子的不安。這一聲「砰」，深深打進她的心坎內，喚起她深藏腦海的傷痛。她背後滲透一陣寒意，由頸項竄進腳底。

聲響和回憶同樣熟悉而茫遠，女孩子如遭電擊一般，全身僵硬，拿着紙包奶的手凝在半空，發呆似的諦聽，像一頭正在咀嚼嫩葉的野鹿霍然停下，警覺地豎起耳朵「探測」空氣中的危險訊息，正當她企圖説服自己，聽錯了，那或許是汽球爆破，或許是門外經過的車輛輾爆空紙盒，連續幾聲「砰、砰、砰」便衝着而來，由遠而近。

響聲中她聽出了火藥爆炸，於是確定，那是槍聲。

女孩子和娥姐不約而同的跑到門邊探頭張望馬路。馬路上，司機倉皇把車子開走。平日汽車川流不息的沙咀道，剎那間變得空蕩蕩。路人紛紛向兩邊的橫街逃命，有些店鋪已放下捲閘，人人面露懼色，頓時兵荒馬亂，煞車聲、驚叫聲混在一起。一個南亞裔男子從行人道跳出馬路，不住向前方後面左右開槍，已射倒好些人，情況異常混亂。

「快，落閘。」娥姐趕緊從櫃檯下抽出那根落閘用的鐵枝，打算關門以策安全。

這時南亞裔男子從店外跑過，娥姐未及拉下鐵閘，身後「啪、啪」兩聲，貨架上幾盒杯麪同時爆開，差不多同一時間，「嘭」的巨響，一團黑影就像炮彈般往店裏投來。女孩子的身手還好，即時反應，閃身蹲下避開。黑影的衝力很大，一下子撞翻三個貨架。她抱住頭，正慶幸沒被撞倒，也疑惑到底那是什麼時，噼里吧啦，貨品隨塌架傾瀉，滿地都是罐頭、杯麪、巧克力……

娥姐跌在一旁。

女孩子轉頭斜看，一輛小巴煞停在十字路口，車頭凹陷，擋風玻璃碎裂，回望店內，這才知道那持槍的南亞裔男子被小巴撞進便利店裏。

女孩子挪過去察看娥姐，娥姐只是暈了，看來沒性命危險。女孩子扶起娥姐，要儘快逃出便利店，離開險地，卻發現——阿Wing跑到小巴車頭！

她呆住了，雙腿如遭冰封，沒法動彈。她這樣出去會被阿Wing發現，退回店裏，也不行，阿Wing隨時衝入便利店逮捕槍手，她該往哪兒躲呢？她不禁忐忑起來。

阿Wing——

女孩子忍不住看他幾眼。

他正檢查司機的傷勢。他神采依然，只是清減了。她何嘗不是斯人獨憔悴？

阿Wing仍沒在意便利店內還有其他人。

還是趁機先逃出去。

她剛提腿開步，又見阿漆繞過小巴車尾，直衝向便利店。

怎麼辦？女孩子進退維谷。便利店外，特工麇集，跑出門口第一個就跟阿漆撞個正着；便利店內，躺着的持槍男子，了無生氣，他雖是危險人物，但或已被小巴撞個半死不活，倒不如暫避店內一角，再想辦法。

然而，怪事發生了，被壓在貨架、罐頭和杯麪下面的南亞裔槍手，竟推開身上的重物、雜物，儼如電影《未來戰士》的水銀機械人，凝聚了強大力量冒地而起，分毫未損的站起來，跨過女孩子和娥姐身旁，若無其事地大步踏出店門，跟阿漆在門口短兵相接。

「砰——」

阿漆中槍倒地。

南亞裔槍手中了阿漆一刀，也倒在地上。

阿漆在地上掙扎卻爬不起身。

南亞裔槍手即倒即起，毫無損傷似的。

女孩子張大嘴巴，不敢相信眼前事實，以阿漆的身手，沒可能一交手就一敗塗地！

輪到阿Wing進攻。對手太強了，連阿漆也敗陣，阿Wing

絕無勝算。女孩子放下娥姐，拾起鐵枝，預備隨時撲出去相助。

啊！阿Wing的衣衫被刀子劃破，滾地避開。女孩子緊握鐵枝，決心搶出便利店，從後偷襲南亞裔槍手。前腳還未跨出店門，瞥見R趕到，女孩子變得猶豫。

阿Ken和泰臣也趕到。

「開槍射他！」阿Wing大叫。

「砰、砰、砰……」

子彈橫飛。

「啪—— 啪—— 啪——」

流彈射進便利店裏。

女孩子連忙伏下，護着娥姐。

子彈無眼也無情，她們沒處可躲。女孩子惟有把娥姐搬到櫃檯後面，正側身移動時，娥姐的身軀震了震，血自額頭流下，臉上掛彩。女孩子正要挪動她，「呼」的一股涼風在女孩子的頭頂掠過，髮絲飄落，前臂一陣劇痛，空氣中散發一陣血腥氣味……

女孩子瞥見手臂染成血紅，淌下鮮血。鮮血是她的？還是娥姐的？女孩子不得不放開娥姐，血如果是她的，不能弄污娥姐。緊接下來，眼前一黑，她整個人變得軟弱乏力，「呼」另一枚子彈在耳邊擦過，她輕飄飄的，在完全失去意識前，她仍在催迫自己，沒意義地盡力而為，用手護住臉孔，不讓臉孔曝光。

「趴——」女孩子的左肩跌在地上，昏厥過去……

女孩子感到身體顛簸，微睜眼睛，發覺被人抬離地面，上了救護車，矇矇朧朧的像在濃霧中，再次昏睡……

再睜眼，救護人員為女孩子架上點滴，她想把眼睛撐開，視野卻被鉛垂般的眼皮擋去，漆黑又佔據了她……

手提電話在嘉薰醫生的口袋裏不安分的顫動，號碼來自急症室。

「喂，嘉薰醫生？」是法醫部徐醫生的聲音，「你有空嗎？」

徐醫生已完成龍頭醫院的實習，回到濟民公眾殮房服務，今天跑來龍頭醫院的急症室，明顯有要事。

「嗯，徐醫生，這個時候你在急症室，又有傷人案和性侵犯案嗎？」嘉薰醫生知道，法醫官出現在醫院的急症室，大多為打鬥的驗傷，或為被性侵犯的女子蒐證。

「荃灣發生槍戰，其中一名便利店女職員被流彈所傷，我剛為她驗傷。」徐醫生爽快地報告。

「傷勢嚴重嗎？」

「只是皮外傷，被子彈擦過，但要包紮傷口。」徐醫生語氣放慢，輕聲說：「這妙齡女子，樣子清純，指明一定要見你，堅持只有你才可為她療傷。」她故意賣個關子。

「哪有這種事！」嘉薰醫生一時想不起有什麼人會這樣做。

聽見徐醫生「哈」了一聲，線路的另一端傳來何Sir的搶白，在旁邊嘰嘰喳喳：「告訴嘉薰醫生，女子療的是情傷，沒他處理不行，呵呵呵！」徐醫生也隨着調侃：「聽到了沒有？何Sir叫你馬上趕來善後。」接着再「哈」一聲，「女子身上帶着一張醫療卡，的確寫明有醫療事件時聯絡你。嘻嘻，你有難了，竟和女孩子有祕密協議！……」

醫療卡？嘉薰醫生暗忖，他絕少為病人發類似的醫療卡，難道是她？心不禁怦然跳動，回答：「我馬上到。」轉身披上白袍，拉門而出，心裏旋起一串問題：

她回香港了？

回來多久？

為什麼會在荃灣的便利店裏？

何以捲入槍戰？什麼槍戰？……

在方舟花園的涼亭前面，南亞裔殺手亞星癱瘓草地之上，不省人事。

M與二叔公在涼亭裏下棋。

二叔公木無表情的把兩手攏在衣袖裏，面對石桌上的殘局，一聲不哼，一動不動，十足一尊泥雕土偶。M的表現則截然相反，不住的搔頭搓耳抓背捏屁股，右手拈起一枚「過河卒」，舉棋不定。

阿Wing追到涼亭，在亞星身旁發現一枚「馬」，再檢查亞星的傷勢，在他的身頸第三節頸椎之上找到一處圓形瘀傷，大小跟棋子恰巧相同。阿Wing估計，有人拿這枚「馬」作暗器，擲中亞星的頸椎骨，傷及中樞神經，導致癱瘓。

發「暗器」的人是，M ？二叔公？抑或另有高人？

所謂真人不露相，既然沒人承認，阿Wing亦無謂追問。成功制伏亞星終究最為要緊。

2

嘉薰醫生趕到急症室，只見徐醫生一人站在門口等候，問：「何Sir呢？」

「他要回警局落口供，先走。我帶你去見那女子。」徐醫生下巴向急症室遠處呶了呶，晃晃頭示意「走吧」，就邁開腳步。

「被流彈所傷，是警匪槍戰嗎？」嘉薰醫生從後跟上來。

「可以這樣説。」

「什麼意思？」

「我所知有限，何Sir又吞吞吐吐。據了解，參與槍戰的，除了警察和毒販，還有一批疑似警察的人，他們追捕一個南亞裔殺手，雙方在鬧市駁火。這批人當中，包括你的朋友阿Wing和阿漆。你放心，我是個安守本分的醫生，沒興趣探究阿Wing和阿漆的真正身分。」

阿Wing和阿漆？嘉薰醫生的心一沉，即是説女孩子捲進特工行動了。

「你就當阿Wing和阿漆這批人是熱心市民吧。」

「Okay，一批持械的——熱心市民，協助警方搗破一個販毒集團，追捕殺手，在便利店爆發槍戰。」徐醫生挨近，小聲說：「雄爺的賊窩就在便利店附近。」

嘉薰醫生瞪一瞪眼，沒有回答。何Sir曾向他提及雄爺的過去，一講起就咬牙切齒，說此人是警隊的羞恥。

「殺手首先開火，他們初時用飛刀制敵，但不成功，後來也拔槍還擊，結果，流彈誤中超過二十名無辜市民，包括這名在會診室裏的便利店女職員。她的手臂被子彈擦傷，流了點血，幸而沒傷及動脈，該沒大礙，來到急症室時人已清醒，血壓脈搏正常。我請護士替她包紮傷口，但她堅持自己來。」徐醫生一口氣報告，快到會診室門外則放慢腳步，掩住半邊嘴像打小報告：「怪人一個！」說罷像什麼交接儀式似的，遞上病歷，預備功成身退。

帶着醫療卡、自行包紮傷口？嘉薰醫生心裏有數，掃一眼病歷，果然沒錯，病人的名字叫「吳芷晴」。

「警方或阿Wing他們，可有見到這位⋯⋯吳芷晴？」一個新的問題閃過嘉薰醫生腦海，叫他衝口而出。

徐醫生搖頭道：「吳芷晴受傷後不久被送上救護車，進了急症室後由我接管，期間，就我所知，她沒接觸過任何非醫護人員。怎樣？有什麼問題嗎？」

「不，隨便問問罷了，吳芷晴因警方的行動而受傷，警察怎會不在意？」嘉薰醫生表面輕描淡寫，暗中鬆了口氣，於是轉換話題，問：「吳芷晴的傷勢怎樣？」

徐醫生提起左手上的平板電腦，開啟程式後，點擊剛才儲存的檔案，指尖在屏幕上撥幾下，不同照片如走馬燈般在眼前掠過，用指尖按停，回掃，顯示一張相片，手臂上有一道十厘米長、直直的傷口，皮膚像被鋒利的切口剖開，如張開細長的嘴，邊緣滲血，已乾了。

「嘉薰醫生，你說像不像2004年台灣總統大選中子彈擦傷陳水扁肚皮的傷口？」

「又飛刀又槍火，你肯定不是刀傷，而是槍傷嗎？」

「又考官上身……」徐醫生莞爾，「檢驗過了，我發現傷口這裏……」她食指和中指輕觸屏幕，兩指掰開，放大其中的位置，抽出掛在白袍襟袋上的原子筆，用筆尖指着某點，「你看，傷口這裏夾雜着金屬物質，明顯是彈頭擦過的迹象。我已取樣化驗去證實。」

「厲害！」嘉薰醫生看到傷口邊緣有些閃爍的粉末，聳起拇指讚賞，又問：「可有其他人傷亡？」

「對，你的朋友阿漆受了傷。南亞裔殺手開槍射中他的肩膀，沒生命危險，但子彈留在膊頭處，待手術室有空便安排把彈頭取出。他們這次駁火，共造成一人死亡，二十多人受傷，五人情況危殆，醫院啟動災難緊急應變措施，將傷者分流至三間醫院，龍頭醫院接收傷勢較輕的傷者。」

嘉薰醫生環顧急症室，醫護人員在匆忙走動，一股緊張的氛圍壓下來，問：「那南亞裔殺手呢？警察抓到人了嗎？」

徐醫生聳肩抿嘴，攤開手表示不清楚。

嘉薰醫生在吳芷晴的會診室前佇足，疑惑道：「噫，那麼吳芷晴的傷口，是警察還是南亞裔殺手造成的？」

「你以為神仙變魔術？要驗這個驗那個，哪有這麼快知道？」剛說完，徐醫生的電話響了，她示意嘉薰醫生自行走進會診室，自己踱到安靜的角落接聽來電。

嘉薰醫生推門內進，芷晴正用口咬住繃帶一邊，扯緊縛在右前臂上的繃帶。

「很紮實，包得不錯呢！」嘉薰醫生端詳一下，「仍不放心其他人接觸你嗎？」

「還是小心點好。」芷晴按按繃帶，一副滿意的樣子，也沒望嘉薰醫生一眼，「幸好只是皮外傷而已。」

嘉薰醫生來回打量了芷晴包紮的手臂和面孔一下，欣賞她，經歷了大小風浪，仍是那副倔強的模樣，對世事保持樂觀，是個難得的好女孩。

他想，傷口沒有大礙當然幸運，但一旦捲進特工的行動，就有點不妙了。

R一拐一拐的往涼亭趕來，她用手按着的左肋位置，隱隱作痛。

M首先看見R，他像看見妖魔鬼怪一般，立即棄掉「過河卒」，縮在石桌底下，誠惶誠恐地說：「二叔公，惡婦來了，讓她發現我開小差在這裏跟你下棋，我要捱罵呢！算我倒楣，這局我認輸，棋債棋還，下回我找你報仇。」

二叔公依舊默不作聲，不置可否。

M不待二叔公回應，手腳並用，快快爬出涼亭，一溜煙似地逃去無蹤。

R來到。

「傷得重嗎？」阿Wing扶住她。

「傷了肋骨，不礙事。這個亞星，你怎制伏他？」

「我追到這裏時，他已倒地不起。大概內傷過重，不支倒地。」

「剛才，我好像看見M……」R左看右看，「涼亭裏的老人家是——」

「街坊。」阿Wing聳聳雙肩，一副模棱兩可的表情。

R明知他故弄玄虛，老者的身分、M曾否在場，並非不可不知的細節，故不追問下去，遂道：「重案組的何Sir已安排救護車把露絲、阿Ken和泰臣送往醫院。」

「高文的情況怎樣？我們之中，他傷得最重。」

「但他復原最快，真神奇，救護員正要抬他，他一個蜈蚣彈從地上躍起，説聲我去也，便飛走了。那兩個救護員給他嚇得目瞪口呆。」

此時，兩名救護員推着輪椅過來。

「你到醫院檢查一下傷勢，我留下來打點。」

「我通知S和T，開車來把亞星送返特工基地的醫療室，我們不能讓亞星曝光。」

「當然，我在此等候S和T，稍後到醫院跟你會合，再找嘉薰醫生往基地檢驗亞星，找出此人刀槍不入的原因。」

救護員來到。阿Wing攙扶R坐上輪椅。

救護員慢慢把R推走。

阿Wing與R雙手互牽，變為兩指相勾，再變為尖指相觸，最後不情不願地分開。在沙咀道、在方舟公園與亞星激戰，生死懸於一線，現在平安無恙，他們更加珍惜對方。

身後，二叔公不動聲息的緩緩站起，雙手負背步下涼亭，悄悄隱入樹籬之後，不留半點痕迹。

3

芷晴包紮好傷口，放下衣袖，扣好袖鈕扣，嘉薰醫生看看腕錶，問：「痛嗎？要不要止痛藥？」

「皮外傷而已，不必止痛藥了，小事。」

這句話聽在嘉薰醫生耳中，像滲着「我什麼痛楚沒經驗過？」的言外之意，他暗地歎口氣，問：「怎麼回香港也不通知我們？大家都關心你呢！」

芷晴噗哧笑出來，應道：「不想打擾你們，習慣了一個人自由自在嘛！」笑容中帶點苦澀。

嘉薰醫生提起電話：「有人接你出院嗎？你等一下，我叫雯過來接你，她今天學校家長日補假。她知道你回來一定很高興。」

「剛才我已約好她，五分鐘後在急症室外面會合。」

「奇怪，怎麼你會在便利店裏？」嘉薰醫生把電話放下。

「便利店臨時缺人，娥姐請我幫忙幾天，我便到那兒當收銀員兼理貨員。」

「雄爺的賊窩就在便利店附近，你知道嗎？」

「初時不知。上班第一天，光頭勇來買啤酒，他不認得我，我認得他，他是雄爺的得力打手。我才知道雄爺的麻雀館在隔兩個街口。麻雀館的人經常來便利店買煙買酒，口沒遮攔。我在那裏工作順便收風。」

「你好大膽，接近雄爺，十分危險啊！」嘉薰醫生對雄爺的事略有所聞，他曾是警察、真生的上司，卻是黑警，暗中替毒販工作，「噫，特工今天的行動，正是要搗破雄爺的犯罪集團。」

「難怪今天在便利店工作時，我感到有種緊張的氣氛，像有什麼大事發生似的。」

「槍戰後，『他們』有發現你嗎？」嘉薰醫生加強「他們」的語氣，芷晴明白，「他們」指的是特工。

芷晴把自己在便利店聽到槍響，以及遇到槍戰的過程，大概告訴了嘉薰醫生。説到中槍時，芷晴心有餘悸，語音顫抖，顰着眉，憂心忡忡，「我受傷後昏倒了，上救護車前阿Wing、R、泰臣、阿Ken、阿漆、露絲就在附近。」

「傷者那末多，四周混亂，希望他們沒留意你吧。」

「唉，身分能隱藏多久便多久。嘉薰醫生，請你務必幫忙，為我保守祕密，我真的不想節外生枝。」

「剛才徐醫生告訴我，阿漆也受了槍傷，入住龍頭醫院。後來，泰臣、露絲、阿Ken和R，陸續送院。幸好全是輕傷。我相信阿Wing晚一些會過來看他們。」

這時嘉薰醫生的手提電話在桌面震動，高頻率的輕敲桌面。他對着來電顯示皺起眉頭，屏幕顯示來電者：「阿Wing」。

嘉薰醫生用食指按在唇上，示意芷晴別作聲，小聲囑咐：「一講曹操，曹操就到。阿Wing來電，你快離開吧！我在這裏拖延他。」

芷晴雙手合十表示多謝，隨即收拾手袋。

嘉薰醫生接聽電話：「喂，阿Wing…… 噢，來龍頭醫院探望同僚？大家都屬輕傷…… 阿漆呢？…… 正排時間動手術？沒生命危險就好了…… 哈，不是說疤痕是特工的戰績嗎？他又多一個『勳章』了！…… 對，徐醫生說得對，我在急症室看傷者…… 唔，我剛為病人檢查傷口，沒其他要緊工作…… 你找我有事？……」嘉薰醫生望芷晴一眼，芷晴站起來正要離去，聽見，露出訝異神情，搖手示意嘉薰醫生阻止。嘉薰醫生點頭表示明白，作出「O.K.」手勢，捂住手機把手機拉遠，壓低嗓子向芷晴囑咐：「阿Wing快到了，你通知雯別來急症室，改到巴士站接你。」就揚手示意「再見」，繼續談電話：「你現在在哪兒？…… 給我五分鐘，我看完病人，再和你和徐醫生一起下午茶！…… 啊，再見，一會見！」

嘉薰醫生走出會診室，左右一望，見芷晴已消失無蹤，撥號給雯，電話卻在使用，未能接通，於是馬上WhatsApp給雯：「情況有變，請到巴士站接芷晴！」

芷晴轉出急症室，往巴士站快步走去，途中撥號給雯，告訴她阿Wing正前來急症室，自己要儘快離開，免得在急症室與他

相遇。

醫院的另一角，阿Wing走在連接外科大樓和急症室的架空走廊上，拐過臨牀腫瘤大樓，急症室入口就在眼前，進去後左轉就是會診室了。

架空走廊左右裝了一列偌大的玻璃窗，阿Wing在連接急症室的甬道上，居高臨下，左邊是條馬路，對面有離開醫院的扶手電梯，人來人往，醫院的出入口好不熱鬧。

突然，走廊下方，出現一個女子的側影，正由急症室急步出來，小心翼翼地橫過馬路，向醫院出口的扶手電梯拾級而下。她長髮束在背後，身穿淺藍色恤衫、深褐色長褲、藍色輕便鞋，身影雖只是匆匆一瞥，卻如漩渦般具有巨大的吸力，攫住了阿Wing。

她是誰？她的樣子，太像了！沒可能如此酷似！阿Wing心裏吶喊，衝向樓梯急趕過去。

適值探病時間，馬路上的車流緩慢，交通繁忙，阿Wing不顧一切的衝出大堂，橫過行人道，他要截停那女孩子，面對面的看清楚她。

「砵——」一輛的士響號，猛然煞停，司機探出頭來，破口大罵：「大佬，紅燈呀！望清楚啦！盲頭烏蠅。」惡形惡相的瞪着阿Wing。

阿Wing敬禮般把手掌斜放在額上，表示歉意，才踏出一步，另一輛綠色專線小巴「嘎——」的剛好煞在身前，司機放下車窗，對住阿Wing怒吼：「四眼仔，嫌命長嗎？要死，就死遠些，不要連累我。」

阿Wing無暇跟司機作口舌之爭，閃身在小巴前繞過，雖然不順利，但總算過了馬路。前面是一位婆婆，由青年攙扶着，一小步一小步的蹣跚前進。

前路受擋，阿Wing欠身拐過他們，跑下扶手電梯，腳才站穩，向下望，電梯上滿是人，排作兩行的井然站着，密麻麻的，前無去路，他於是轉身往後退，而後面的婆婆和青年已踏上電梯，幾乎撞倒他們，「不好意思，請讓讓！」阿Wing企圖側身逆向離開，青年如山般站直身子，低頭向他劈頭大聲叱喝：「先生，老人家撞不得！跌一跤，可大可小啊！」

電梯下方的行人，都回頭以凌厲的目光投向他，有人更嚷道：「同志，不要推擠，你急什麼？左上右落，人在香港便要守秩序！」

阿Wing進退失據，再看扶手電梯的盡頭，神祕女孩子正跨出電梯，即將離開他的視線範圍。

原來，先前馬路上傳來「砵」的響號，早已驚動芷晴，她雖沒回望，眼角處已瞥見阿Wing正朝自己趕來，及後，扶手電梯上的擾攘和叱喝，芷晴亦了然在心。阿Wing亦步亦趨，她到底被發現了！

怎辦？內心深處，她矛盾極了，既不想被阿Wing發現，卻又忍不住偷看他，讓他步步進迫，彼此貼近。這趟男追女逐，形式上彷如一對情侶談情時的追逐，竟勾起她當年某段回憶，令她心如鹿撞……

理智終究佔上風，她把情感壓了下去，加快步伐選擇逃避。

她把耳筒塞回耳朵，再致電給雯：「雯，阿Wing發現了我，在我背後追來。」

「你還有多久到巴士站？」

「大約兩分鐘吧！」

「我也差不多到了。時間該會剛剛好。」

「雯，我登上你的的士，和你一起離開，若給他看見，他會死纏你不放，我了解他的固執，不想連累你。」

「你有更好的辦法？」

「這樣吧，你請的士司機把車停在我跟前，你下車，我登車，彼此裝作互不相識。」

雯想，主意不錯，下車後她還可以阻止阿Wing追趕，或者作個遮擋，不讓他看清楚芷晴，於是同意：「也好。」

芷晴加快步伐，在人潮中左穿右插。

阿Wing心急如焚，只覺扶手電梯的下降速度慢似蝸牛爬行，眼見女孩子正急步走上行人天橋，兩人的距離愈拉愈遠，他把心一橫，乾脆躍上電梯扶手，沿扶手邊緣連跑帶跳的奔下，高叫：「當心呀！縮手啊！」

眼見阿Wing如狼似虎的大步踏下，本來緊握扶手的人惟有把手縮回身邊，登時，人人「毓民上身」，粗聲大氣的怒斥其非。

跑到大堂，阿Wing躍下扶手電梯。女孩子的背影已被熙來攘往準備進出醫院的路人淹沒，阿Wing猶似逆流而上的三文魚，在人羣中呈「Z」狀朝行人天橋跑去。

「讓路！小心病人！」在交叉路口，病房助理推着輪牀橫過。

阿Wing一直緊盯着那女孩子的淺藍色恤衫，快步衝前，當他察覺輪牀就在眼下時，已收步不及，以他的衝力，勢必攔腰把輪牀撞翻。好一個阿Wing，臨危不亂，手一按牀欄，腳一蹬，打個側手翻，從左到右的凌空翻越輪牀。嚇得病房助理抱頭彎腰，躺在牀上的病人手忙腳亂的扶好搖晃不定的點滴瓶。

阿Wing待要在輪牀右側落地，一個年輕母親牽着小女孩正匆匆而來，雙方的「前進方向」不變的話，母女兩人在百分之四十五秒後，將會一人吃阿Wing一腳。三人之中，有能力作出改變的，當然只有阿Wing。在千鈞一髮之際，阿Wing左手發力，以牀欄作支點，腰一擺，使出半式「湯瑪斯旋轉」，修正前進方向，180度的轉回輪牀的左側。鞋尖剛好在小女孩的鼻尖前三厘米之處掠過，嚇得年輕母親用高八度的尖嗓子驚呼，小女孩也跟着用更高的嗓子放聲啼哭。

一番折騰，阿Wing重回起跳點，在輪牀左側「降落」。就在此時，一名拄着拐杖的老翁巔危危的走近，阿Wing慌而不亂，雙掌在牀欄上一推，曲體抱膝，從老翁頭頂越過去，老翁驚見一團黑影自身前躍起，在頭頂飛過，一時步履不穩失卻重心往後摔下，阿Wing及時在背後着地，後腳一擺，用小腿托住老翁的後腰，及時把他扶正……

不管背後響起一片公憤式的謾罵，阿Wing惟一在意的，就是那神祕女孩子。

前方，淺藍色恤衫再一次出現在阿Wing視線之內，他於是拔足狂追。

阿Wing感到，女孩子有意無意的要擺脱自己。她加密腳步，往行人天橋下的巴士站走去。

阿Wing告訴自己，絕不能讓她乘車逃去。

芷晴知道阿Wing愈追愈近，不敢怠慢，接上雯的手提電話：「雯，你的士到了嗎？」

「正在靠近巴士站。」

芷晴往前望，兩輛的士一先一後的駛近巴士站，她邊跑邊揚手邊問：「車牌是不是PB6238？」

雯俯身問司機：「請問你的車牌是什麼？」

「HA2734！好易記，嘻嘻，『哈，易塞餐死』，今天沒堵車算你好運——」司機阿叔聲如洪鐘的回答，半開玩笑。

雯卻沒這興致，向前張望，隔着擋風玻璃，看見行人道上芷晴正在揚手，而在大約二十米後面的天橋上，阿Wing正奔下梯級，湊巧有一部的士準備靠近巴士站旁，她高聲對着電話：「芷晴，我在後面的的士，車牌HA2734！」

PB6238停定，車門已打開，芷晴回答：「我來不及了，先上車！」隨即跨進車廂。

阿Wing也不管旁人了，他躍過半道梯級，跳下天橋，高聲在後面叫住芷晴：「小姐，等一等！」

芷晴側面瞄他一眼，動作並沒絲毫停滯，趕快鑽進車裏，把車門「啪」的帶上，叫道：「開車，快！」

阿Wing發瘋似的往前衝，他要衝出馬路，擋住的士去路。

「嗯，阿Wing！」他的肩膀突然被人按住。

阿Wing怔了怔，去路已被人擋住。

一看，是雯。

雯硬生生的插進芷晴和阿Wing中間，在臉上強裝意外驚喜，砌詞道：「真巧啊，竟在這裏遇上你！」

「雯，不好意思，讓一讓。」阿Wing打斷雯的話，他只想截停的士，向左移，被雯擋住，向右，又被假意讓路的雯阻攔，一左一右之間，眼巴巴望着的士駛開了。

「噫，你趕着去哪裏？」雯問。

「我好像看見熟人……」阿Wing失望的眼神越過雯的肩膀，那輛「紅點」決絕的飛馳遠去，「在的士裏，PB6——」阿Wing正要記下車牌。

「啊，你說的是的士裏的人？難怪！」雯打斷阿Wing，大力拍他一下，把他的思路也拍散了，「剛才登上的士的女孩子，你一定以為她像真生，對不？」

「……」

雯語出驚人，阿Wing彷似觸電，腦子「嗡」的猛震一下，竟不知應對。

「驟眼看我也以為是真生復活呢！初時，我也給嚇了一跳，哈，看清楚一點，才發現人有相似而已。她側臉的確長得有幾分像真生，不過從正面看，卻和真生以前的樣子分別很大。」說得斬釘截鐵。

「真的？我眼花了？」

「嗯。」雯大力點頭，對阿Wing的「眼花」予以肯定，「別想那末多了，真生已過世好幾年，逝者已矣。」

「說的也是。」阿Wing給雯一語道破，責怪自己多心，默不作聲，把目光移開，語氣滲透着氣餒，「對，真生的確已經不在了。」的士消失在視線中，一去絕塵，往事如煙，他腦中浮過真生離世的一幕幕片段—— 那心臟監測儀上的又平又直的綠線、

因真生簽下「不作搶救同意書」而不予拯救的醫護人員、男醫生無關痛癢的宣布死亡時間⋯⋯就在那麼的傷感的思緒交織之下，真生離開了。

「你還是放下故人，珍惜眼前人噢。」雯見阿Wing發獃，鼓勵他，把他拉回現實。

「噢，怎麼你會在這裏？上醫院？」

「哦，對—— 正要去見嘉薰。」

「在這裏下車？要上行人天橋，走一段路啊！」

「哈，巴士站離醫院並不遠，」雯有點窘，繼續砌詞，「過天橋當做運動吧，響應港鐵和衛生署推廣的『多行樓梯、多點健康』嘛，還省錢呢。」

「那麼一塊走吧！」阿Wing晃晃頭。

他們轉身回到行人天橋，抬頭看時，R雙手交抱胸前，似笑非笑的站在梯級上。

「你的眼前人來了。」雯在阿Wing耳畔道。

「你不是在急症室接受治療嗎？怎會跑到這裏？」阿Wing趨

前問。

「我先前在急症室看見你像蠻牛一般在走廊奔過，以為你追賊，便趕過來幫忙。豈料，你在追雯……」R的目光停在雯身上。

「他不是追我。我們只是…… 剛好在巴士站…… 遇見。」雯給R看得心底發毛，弄不懂R是說笑還是認真。

「我以為遇見朋友，卻認錯人了。」阿Wing攤開手，表示空跑一場。

「你真糊塗。」R笑着輕敲阿Wing的額頭，「畢竟，今天發生太多事了。大家的情緒都拉得繃緊。」

「你們辛苦了。幸虧大家都平安。」雯早從即時新聞中得悉荃灣的槍擊案，從熒幕中還看到了R和阿Wing等人，知道事件和特工有關，就謹慎地說了句得體話。在R面前，她不敢砌詞，恐怕多說多錯。

R「唔」了一聲，沒說什麼。

三人一字排開，以同一步調走過行人天橋，卻各懷心事，誰都沒說話，沉默得教人尷尬。R似乎等候阿Wing坦白交代。雯更加不敢多言。阿Wing仍在回想那個貌似真生的女孩子，好像呢！再想，剛才自己不顧後果的追她，着實有點瘋傻。真生已死，怎麼一看見貌似真生的側影，仍心猿意馬，失卻理性的追趕上去？當時連女朋友R也拋諸腦後，太不像話了！每當想到自己身邊已有R仍對真生念念不忘，阿Wing就覺得虧欠了R，一時不知該說什麼。

下了行人天橋。

「R，你需要回急症室嗎？」還是阿Wing打開話匣子。

「不用了。除了阿漆，大家只受輕傷，敷了藥，可以離去。泰臣已回基地。露絲在病房陪伴阿漆。阿Ken沒必要的留院觀察一天，就讓他躲懶一天吧。」

「那麼，我先送你回去。我的車泊在停車場裏。回頭再找嘉薰醫生。」

「對，你先送R回家休息。我通知嘉薰就好。」雯巴不得R離她愈遠愈好。她自問敵不住R的眼神。

「我不回家。基地還有很多事要辦。」

「哦。回基地也好。停車場在那邊，再見。」碰了一鼻子灰，雯急急溜掉。

待雯跑遠，阿Wing笑了笑，道：「雯，有點怕你。」

「我無需討她喜歡。」

阿Wing素知R的脾性，待人處事，原則先行，倔強卻沒惡意，外冷內熱、口硬心軟。斯斯文文的雯自然跟她格格不入。

「我今天要飛往高雄。」阿Wing扯開話題。

「為什麼？」

「唉！可能是白跑一趟。阿莫追蹤到，雄爺跟毒梟坤嫂進行net-meeting的其中一個轉發路由器，位於高雄。我明白，根據東南亞毒販的情報分析，坤嫂匿藏在緬甸、泰國、柬埔寨的機會遠較台灣為高。大家都認為飛往高雄調查，是浪費工夫，但目前並無別的線索，不到高雄看一看，我不心息。」

R停步，張開手掌。

「我不懂看掌相。」

「給我車匙。我想起要去一處地方，你待會開嘉薰醫生的車

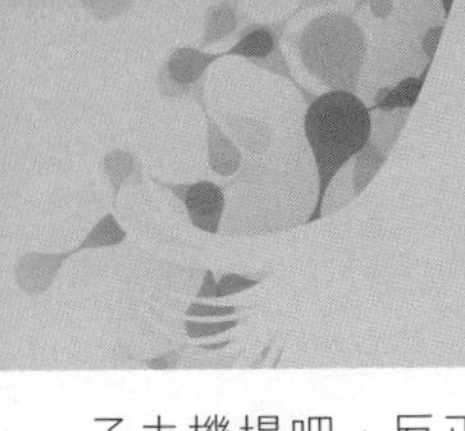

子去機場吧，反正亞星送檢，他留在實驗室研究亞星，不必用車。」

阿Wing乖乖把車匙放在R的掌心。

R從來説一不二，她既不贊成阿Wing前往高雄，亦不表示反對，就等於默許。

她明白阿Wing的執著，就是他那份鍥而不捨，不放過任何一個逮捕壞人的機會，才成為罪惡剋星。

這份鍥而不捨的精神，正是R欣賞阿Wing的原因。

可是，逮捕毒梟？阿Wing前往高雄，純粹是為了逮捕毒梟嗎？背後還包括真生的緣故嗎？毒品交易牽涉到雄爺，而雄爺是使真生染上愛滋病的幕後黑手。背後，千絲萬縷。R不願想下去。

「台灣政府不支援我們，你在高雄，凡事小心。」R上下拋動車匙。

「放心，我在台灣有許多非官方朋友，要槍有槍，要錢有錢，要人有人。」

「總之，小心駛得萬年船。」R按一下匙扣開關，「嘟」的開啟阿Wing的寶馬車門，坐進駕駛座，一面把寶馬開離停車場，一面用免提裝置致電給S，吩咐道：「我給你一項新任務。」

「請説。」S在線路的另一端回應。

「二十四小時監視雯。記住以下的通行密碼：8yu-ql43'-p34/。」

「是。」

「別讓其他人知道。」

「是。」

「謝謝。」R喜歡S這個下屬，S永不會跟上司説「不」。

R瞄一眼倒後鏡，鏡中的阿Wing愈縮愈小。她順着車路，扭動方向盤，拐一個彎，阿Wing不見了。對於愛情，阿Wing同樣執著。她輕輕歎口氣，再接通阿莫的電話，道：「阿莫，請把QP3/SEP2004/X的檔案傳到我的手機。」

「那份舊檔案，請等一等……啊！是她——」

「找到了嗎？找到就傳過來，立即。」

「傳了。」

R的手機震動，檔案已達。

「還有，查一下阿Wing今天乘哪班航機往高雄，也替我訂一張機票。」

「不是嘛，你也陪他白跑……」

「謝謝。」R掛線，再致電何Sir。

寶馬開出大路，超越一輛輕型貨車，切入快線，在綠燈轉黃還未轉紅之前，加速駛過十字路口，右轉開進隧道之內……

2 緣慳一面

特工槍戰的謎團，尋人未得的惆悵，如何化解？

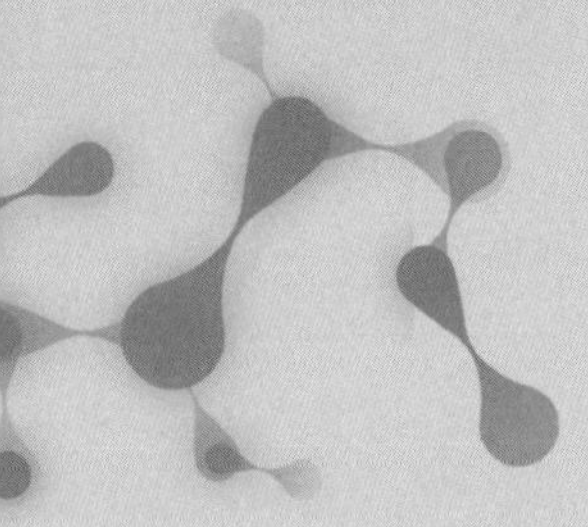

1

阿Wing走進會診室時，只得嘉薰醫生一人在整理病人報告，不見雯。

「雯剛走。」嘉薰醫生抬頭，見阿Wing左顧右盼。

「走了？她不是找你有事嗎？」

「她找我陪她逛街購物。」嘉薰醫生放下原子筆，伸個懶腰，「本來是可以的，誰料到，突然爆發你們那宗槍戰，傷及不少途人。我要留下來協助救援，不能跑開。」

「工夫留給徐醫生他們吧。」阿Wing左手把嘉薰醫生從椅上拉起，右手替他取下掛在門後的西裝外套。

「慢着。雯已改約其他朋友，不用我相陪。況且，急症室現在人手吃緊，我不能為陪女朋友而……」

「誰叫你去陪女朋友。」阿Wing扯下嘉薰醫生的白袍，為他披上西裝外套，「她們女人，個個都是負累。我們男人，幹大事的，即使有空，若沒心情，也不必遷就她們。該做事時專一做事，該談情時專一談情。」

「你真的做得到？」嘉薰醫生的語氣，懷疑和諷刺參半。

「什麼真的假的？」

「談情時要專一對R啊！」

「你這句話，叫我懷疑你知道了什麼！雯對你說了什麼？從實招來！」

「沒說什麼，我們都為了你和R着想。」

「我的事自有分寸。」

阿Wing邊說邊開門，恰巧徐醫生來到門口，訝然問：「你們去喝下午茶嗎？為何不預我一份？」

「我們不是去喝下午茶。」阿Wing鄭重聲明。

「你們去哪？」徐醫生問。

「對，我們去哪？」嘉薰醫生也問。

「邊走邊交代吧。請。」阿Wing欠身擺手，「我保證你必感興趣，是一項非常重要、富挑戰性的工作。」

徐醫生嘴巴一扁：「最討厭聽見『富挑戰性』四個字，表示吃力不討好。」

阿Wing在嘉薰醫生的耳邊交代一句，嘉薰醫生眼睛發亮，撥正外套的衣領，爽快的回答：「好，走吧。」沒理會徐醫生。

徐醫生的興頭來了，好奇地跑在兩人身後，嚷道：「嘉薰醫生，你願意跟他去？阿Wing，你快交代去哪、幹什麼？」

「跟你有關係麼？」阿Wing回頭白她一眼。

「本小姐是警方的重要資源，擔扛切剖樣樣皆精，更是嘉薰醫生的最佳拍檔，屢破奇案，你要他辦重要工作，我可從旁協助。」

「真的假的？這女子，信得過嗎？」阿Wing用手肘碰碰嘉薰醫生。

「你跑得開嗎？」嘉薰醫生問。

「你指急症室的工作吧，七七八八啦，阿Wing的朋友，即那批持械的熱心市民，除了阿漆和阿Ken，全都出院。至於其他傷者，有別的醫生跟進。」

嘉薰醫生向阿Wing微微點頭。

「Okay，猜謎時間。刀刺不傷，子彈射不死，汽車撞不散，

我的彈指神通制不住，身上的穴道點不透。」

「異能人……」嘉薰醫生摩拳擦掌，開始加快腳步。

「那人是誰？他在哪裏？」徐醫生扯扯阿Wing的衣角。

「荃灣槍戰的主犯，即那個南亞裔槍手。他昏迷不醒，被我們關在一處祕密地點。」

「嘩！GoGoGo——」徐醫生催促他們。

「車匙。」阿Wing向嘉薰醫生張開手掌，「R開走我的寶馬。我們要用你的車子。」

「職員車位在右邊。」嘉薰醫生把車匙拋過去。

「我曉得。」阿Wing接住車匙，往右拐，轉身進職員專用停車場。

救護員把娥姐分流送到九龍的公主醫院，她的槍傷不嚴重，被子彈擦過手臂，敷藥包紮後已無恙，反而在便利店跌倒時，腦

部受到震盪，又被傾倒的罐頭撞傷，頭皮破損，血流了一臉，在醫院縫了十多針，幸好緊急電腦掃描顯示並無大礙，卻要臥牀休息，留院觀察。

R來到娥姐的病房門外。她手中拿着一份沙咀道死傷者的初步資料，資料是向何Sir要的，上面清楚記錄娥姐與吳芷晴在工作的便利店內中槍，而吳芷晴在龍頭醫院接受治療後失去蹤影。

娥姐是其中一個與槍手在便利店裏接觸的證人，她的口供相當重要。由於娥姐的情況不宜警方錄取口供，何Sir徵得醫院合作，安排她入住特別病房，門外還有警員把守。

警員較早前收到何Sir的指示，便讓R獨自進入病房。

娥姐已甦醒過來，但傷口疼痛，身體依然虛弱。

R站在娥姐牀邊。大約四小時前，R和泰臣站在便利店門外，向亞星開火，流彈射破便利店的巨形玻璃窗，兩個女子瑟縮在玻璃窗之下。R認得，其中一個是娥姐，另一個是芷晴。芷晴「逃離」龍頭醫院，不知所蹤，R惟有從娥姐入手。

娥姐微啟眼睛，打量這個不似醫生、不似護士的陌生女子。

R打開手上的檔案夾，拿起吳芷晴的身分證副本。這副本是龍頭醫院急症室護士的影印存檔紀錄。大凡證件照片，總是效果欠佳，影印副本的相中人就更面目模糊了。R把副本攤開在娥姐面前，問：「你認識她吧？」

娥姐認得是芷晴，緩緩點頭。

「她是你的職員？」

「什⋯⋯麼事？」

「她跟你一同在便利店裏中槍。放心，她的傷沒你的重。但接受治療後，她失蹤了。我們急欲尋回她。你知道她的住址嗎？」

「知道⋯⋯她住在⋯⋯我家。」

「你家？」R掃視檔案，「荃灣海壩街？」

「是⋯⋯」

「你跟職員一同居住？」

「芷晴是⋯⋯我的朋⋯⋯友，加拿大⋯⋯移民⋯⋯多倫多，回港⋯⋯度假。」

「我明白了。謝謝你的合作。你好好休息。我會找她。這是我的卡片，如果你看到芷晴，請交給她，叫她聯絡我。告辭。」

徐醫生和嘉薰醫生坐進Ford房車的後座，扣上安全帶，徐醫生道：「剛才我在醫院外，見你在扶手電梯上跑，像追誰。要表演身手也不該在醫院的地方，對病人和探訪者太危險了。」語氣帶着不滿。

阿Wing把車匙插進車孔，發動引擎，機械式的轉檔、踏油門，把車開走，微微苦笑：「認錯人了。」

「在大庭廣眾左穿右插，橫衝直撞，看你緊張的樣子，對方，該是一個重要的人吧？」徐醫生敏感起來。

「那人的樣子，長得頗像我已過世的女朋友。」阿Wing的語氣平靜，沒什麼的樣子。

嘉薰醫生一怔，想不到阿Wing會不打自招，於是補上：「只是一場美麗的誤會吧！」

「呵，原來是單思症候羣。」徐醫生像説個案病例。

阿Wing搖搖頭，繼續無奈地開車。老實說，當年真生過世並不是什麼祕密，真生過世後，他四處流浪，同僚、親友到處打聽他的下落，最後露絲在日本的筑波找到他（詳見《Q版特工 12 諜變密令》）。消息不脛而走，傳聞滿天飛，以徐醫生的「八卦」渠道，多少總聽聞一點點。

「你趕上那女孩子沒有？看清楚她嗎？」徐醫生好奇的問，「八卦」起來。

「看了她幾眼，都不是正面的。」

「如此説來，你沒有趕上她吧！」

「她登上的士。我來不及。」

「可惜，追上她看真一點就好玩多了！」徐醫生有些反高潮，「你真長情。這麼多年了，還好奇一個疑似舊情人的女孩子。」

「唉，好奇害死貓。」阿Wing笑一笑，踩油門，車子加速向前飆去，「我的確是個長情的人，家裏還留着和真生初相識的東西呢！本想把它們丟掉，又捨不得。」

「那又何苦呢？收藏家，今晚忍一時之痛，閉上眼睛把一切丟掉！」嘉薰醫生鼓勵他。

「那太殘忍耶！」徐醫生嘟起嘴巴，「這些紀念品對阿Wing該很重要吧？把它們丟棄等於把他的回憶洗去，很不人道呢！」

「徐醫生你說得對。但，為了避免睹物思人，我把它們收起來，不再看它們。」

嘉薰醫生明知沒法説服阿Wing，仍勸他理智一點：「其實真生已離開好幾年，追上那女子又如何？」

「她的側臉，十足真生！好奇怪！」阿Wing像沒聽進嘉薰醫生的話，説到「十足真生」時，還加重語氣。

「十足？長得這麼像，會是複製人嗎？」徐醫生瞪眼。

「但願不。我厭倦了這橋段。」

徐醫生把手合十，像祈求什麼，認真地説：「拜託，我也是。」

「兩個人如此相似，令我想起千面人。當今只有千面人可以喬裝得如此維妙維肖。」嘉薰醫生插口，把話題拉遠。

「千面人？過氣了吧？他正關在獄中呢！」徐醫生對千面人略有所聞（詳見《Q版特工X嘉薰醫生2隱市狂徒》）。

「雯看過那女子，說正面和真生不同！」話說開了，阿Wing不吐不快，「除了樣貌身高，連舉手投足也一模一樣，我記得她斜斜回眸的眼神，實在太像了。眼神最難模仿，這比老牌千面人又優勝得多。」阿Wing曲起食指，在方向盤上「得」的彈了一下。

「噫，真生有沒有孿生姊妹呢？孿生姊妹有相同基因，不單相似，或會有心靈感應呢！」徐醫生大感興趣。

「倒沒聽說過呢。」阿Wing說得輕描淡寫，心裏卻納悶得很，真生的舊情舊事，又牢牢把他困住。

「也許姊妹分離了！唔，或許是兩生花呢！啊，這將是很有趣的事，就像東野圭吾的《分身》，情節迂迴，又浪漫又感人！」

身上沒那襲專業的白袍阻隔，徐醫生的少女情懷自然流露，她可是東野圭吾的忠實粉絲。

阿Wing卻沒心情墮進浪漫的思維之中，他閃動Ford的側燈，加速把車子切出右邊的行車線，越過前面的貨車，他的生命，也會因這事偏離原本軌迹嗎？

「除了小說情節外，現實也發生同類事件。前幾天報紙有宗報導，重慶一名廿多歲的女孩，經常遇到不相識的『熟人』和她搭訕，才發現另一個女孩子跟她長得一模一樣，兩人素未謀面，說話語氣語調、喜好、性格和經歷卻很相似，還同年結婚，現正接受血緣測試，檢測她們是否失散的姊妹。」徐醫生愈說愈起勁。

沒有好好愛護真生，阿Wing終身抱恨，一直耿耿於懷。真生猝然去世，令他們這段感情像奏到一半的樂曲，弦線突然斷掉，更令阿Wing懷念，於是任何有關真生的事情，都叫他情牽夢縈。

車內一陣沉默。

嘉薰醫生見阿Wing若有所思，明白他這種有緣無分的遺憾，安慰道：「真生已經離開這麼多年，而你也開展了新的生活，別再讓往事影響你現在的感情生活。」

徐醫生點頭稱是，繼續唸她的愛情小説式對白：「你和真生陰陽相隔，確是憾事，畢竟你們曾經真心相愛，這份心心相印，已印在你們永恆的軌迹之中，永不磨滅。你對真生的心意，相信在天上，她也會感受到的。」

Ford返回慢線。徐醫生眉毛一揚，苦口婆心地説：「作為朋友，我要説，過去的就讓它隨風而逝，對舊情人念念不忘，對現時的女朋友也不公平。唏，她是誰？」

「乞超——」嘉薰醫生擦着雙掌，「阿Wing，可否調低冷氣？」

Ford爽朗的轉彎。特工基地的祕密入口就在前面。

「我們快到了。」阿Wing拉開儲物格，摸出一個眼罩，反手抛到徐醫生膝上，道：「乾淨的。請你屈就一下，暫時戴上它。」

「我來過這裏看展覽，很久以前。噢，不知你和那女孩子還有沒有機會見面？」

聽見徐醫生這麼說，真生的神情、語氣、眼神、甚至小動作，彷彿一下子浮現在阿Wing眼前。

「戴上它吧，愛情專家。」嘉薰醫生指着眼罩。

「知道啦！」徐醫生乖乖戴上眼罩，仍不忘叮嚀，「我知道放下曾經深愛的人，很不容易；但真生在天之靈，也希望你卸下以往的感情包袱，珍惜眼前，別讓過去妨礙你日後的生活。」

「聽見沒有？愛情專家的肺腑之言。」嘉薰醫生向前推一下阿Wing的肩頭。

「謝謝。我明白的。」但知易行難呀！阿Wing心想。

「阿Wing，女人有時煩，卻有她的道理。」

「誰說我煩？誰說？」徐醫生發嬌嗔，輕按眼罩，戴妥當了。

Ford越過那間人流稀少、展品平庸且長年不換的博物館正門，挨着外彎，拐彎九十度，開進一條豎着「禁區」標誌、不設停車咪錶的「倔頭」後街，對正街尾的一個荒廢垃圾站直駛過去，沒打算減速。

「你的戀愛經驗少之又少，卻輔導阿Wing，不害臊嗎？」

「可是，她說得頭頭是道。」阿Wing啟動儀表板上的無線射頻系統，通過保安辨識，「坐穩，前路有些少顛簸。」

垃圾站的鋼門自動升起，露出一條陰暗的隧道。阿Wing開亮車燈。當Ford開進隧道時，輪胎輾過出入口的路肩，車子上下拋了拋。

「也不一定要有很多經驗才明白愛情吧？書本電視報紙流行曲處處都在詮釋愛情。而且，我也有心理學文憑呢！喔——」徐醫生抓握車門把手，定一定神。

「嘩！你讀書真多，失敬失敬。」阿Wing減慢車速，「不過，如果愛情是一本書，這會是一本讀不完、參不透的書。醉過方知酒濃，愛過方知情重。各人的體會不盡相同，箇中苦與樂，旁人難以明白，也沒道理可言。」阿Wing把車停定，「你們下車吧，泰臣會領你們進去。」

「你不來？」嘉薰醫生按住徐醫生的手，「仍要戴着眼罩，坐着別動，我過來帶你。」

「我要趕往高雄。研究異能人，就拜託你們了。」

「不用客氣。」

「再見。」徐醫生眼前烏黑，惟有定定的坐着，聽到嘉薰醫生那邊的車門開了又關，不一會靠近自己的車門敞開，傳來嘉薰醫生的聲音：「來，挽着我的手臂一起走。」

剛才一個人坐在後座上，徐醫生有種寂寥不安，再次聽到嘉薰醫生的嗓子，她內心升起一陣穩妥，把手伸出，按在面前厚實的臂上，安全感自臂彎傳來，弄得她雙頰燙熱。她俯身踏出車廂，一直低着頭，生怕被人發現她通紅的耳根。

徐醫生跟着嘉薰醫生，一路走着。會走到哪裏呢？她不知道，也不介意，只要如此走下去就好了，她如此想⋯⋯ 他們都沒説話，徐醫生再次反芻阿Wing的話。愛情真箇讀不完、參不透？醉過方知酒濃，愛過方知情重，有機會，她也想盡情醉一次。

2

終於有機會跟她面對面了

R來到娥姐的住所門外。

該如何自我介紹？R琢磨。

你好，我是阿Wing的同僚。

也是阿Wing現時的女朋友。

第三句呢？

她想不到。

她寧願屋裏的是恐怖分子。在門邊貼一片塑膠炸藥，引爆，然後衝進去。

裏面的人抗降嗎？拘捕。

反抗嗎？採用武力。

相比之下，簡單得多。

然而，武力並非「萬靈丹」。武力不能解決的問題，多得很呢！

見步行步吧，R按響門鈴。

「叮——咚——」

趁對方還未打開木門，R用指頭稍為拉直一下瀏海，理順頭髮，有點後悔下車前沒補點粉、塗點口紅。面對面的第一眼至為重要，不能給對方比下去。

沒人應門，屋內也沒動靜。

R再按門鈴。

「叮——咚——叮——咚——」

多等五秒後，R取出百合匙，非常專業地打開鐵閘和木門，幾乎不弄出任何聲響的步進屋內。

屋內沒人。

建築面積544平方公尺、實用面積465平方公尺的兩房一廳住宅單位，最適合新婚的「上車一族」。R查到，這單位是娥姐跟前夫辛勤工作、拼命儲蓄換來的第一個物業，可惜也是他們的最後一個。前夫後來隨老闆北上開廠，擔任管工，不出一年，抵不住寂寞和引誘，跟四川來的妙齡女工發生婚外情，娥姐一怒之下，決絕地離婚。前夫把整個物業單位讓給娥姐，當作贖罪。

娥姐遂把物業加按，向銀行借了一筆錢，在沙咀道經營便利店，自食其力。

似乎每個人背後都有一段辛酸。

對於獨立、堅強的女性，R一向敬重。

屋內的家具陳設非常簡約，桌、椅、櫃、沙發、睡牀、茶几等物，一件起、兩件止，款式不講究，顏色沒配搭，充其量，能支持最基本的生活需要，屋主便心滿意足。

客廳、飯廳、大、小睡房都疊起用角鐵和三夾板組合的雜物架，架上放滿各式在便利店售賣的乾貨。不難想像，娥姐屈膝坐在沙發上，用這個蚊型的橢圓茶几擺放飯菜，一面吃晚飯，一面從兩個雜物架之間觀看擱在廚房門前組合櫃頂的電視。

沒家的感覺，十足貨倉。離婚後，在同一個物業單位裏生活，娥姐變身為「倉務員」，不再是家庭主婦。

R環顧一周，很快鎖定目標—— 小睡房。

她不觸碰任何東西，走進房內。

房內瀰漫漂白水氣味，還未散盡。椅背搭着一條浸過漂白

水的抹布，桌上的雜物被人移開，騰出一個顯眼的空間，端端正正的放着一條門匙。不言而喻，客人已經離去，而且不再回來，更在離去前悉心把家具、用具的表面抹淨，當然包括抹掉指紋。

線索斷了。

她不在這裏。

她是誰？還在香港嗎？

抑或已返回多倫多？

甚至連加拿大也不回，流浪到一個更遙遠、更偏僻的地方？

R想知道她的一切，譬如為什麼回來？這些年來住在哪裏？身邊還有什麼人？回來後有什麼打算？

R茫然。

她的事，應該讓阿Wing知道嗎？

R沒有頭緒，也拿不定主意。

阿Wing——

R看看腕錶，是時候到機場跟他「偶遇」了。

儘管她認同情報分析，固執的阿Wing飛往高雄徒然碰壁；

不過，要碰壁，就一起碰吧。這趟，R自問作出一個不專業的選擇。這個選擇沒道理可言。

R多瞧一眼房內她曾經睡過的牀，便悄然轉身，不觸碰任何東西，幾乎不弄出任何聲響，離開娥姐的家，關上木門和鐵閘，就像從沒到訪似的。

3

「這地方，真特別。如果你跟我說，這是間諜電影的拍攝場地，我會相信。」

「回來，不要亂跑。」嘉薰醫生揪住徐醫生的衣領，「看，玻璃門外面那個大塊頭，他叫泰臣，人如其名。」

「So ？」

「他的出拳，重若泰臣 —— 」

「而且喜歡打女人，尤其在這地方亂跑的女人。」背後傳來一把低沉的聲音。他們回頭，是曹博士。

「是嗎？」徐醫生偷偷向泰臣扮個鬼臉。

嘉薰醫生介紹徐醫生，曹博士點頭打個招呼：「阿Wing在電話裏告訴我有美女法醫駕到，果然是美人胚子，呵呵！你們來得正合時。據資料所得，異能人叫亞星，是巫師，曾服用巫藥。剛去世，我把他送去了解剖室，你們直接到解剖室檢驗吧！」

「知道死因了嗎？」嘉薰醫生問。

「死於多個器官衰竭 —— 心肝脾肺腎，全部停止運作……

我還有事，失陪了。還有，亞星的死訊，我們暫時連警方也不通報，所以，請你們代為守祕。」曹博士向他們揮揮手，在走廊盡處左轉。

「過來幫忙剖驗吧，開開眼界。」嘉薰醫生對徐醫生説，右轉入解剖室。

翻閱病歷，許多的血液和體液檢驗都做齊了，解剖是循例工作。嘉薰醫生和徐醫生穿上保護衣，戴上外科手套眼罩口罩。

亞星平躺在解剖桌上，皮膚黝黑，四肢彎曲，雙目深陷，瘦骨嶙峋，皮膚下沒有脂肪和肌肉，緊包着骨頭，胸膛的肋骨清晰可見，肚皮嚴重凹陷如舢舨，彷彿腹腔內不存在任何器官。

嘉薰醫生檢查他的體重，才二十公斤，歎口氣：「身體狀況比饑民還差。」

徐醫生也驚訝：「嘖嘖，真像骷髏頭。」

刀鋒下，亞星的器官嚴重萎縮，腎臟如春卷，肝臟呈雲吞大小，兩邊肺是兩小團搓縐的紙放在偌大的胸膛中，心臟彷似波子，至於腸胃，像是一條經烈日暴曬後捲着的乾蚯蚓……

「很難想像，器官可以萎縮成這樣。」徐醫生嘖嘖稱奇，「巫術和巫藥真可怕。」

「它們使人預支體能，清醒時，人受傷的身體可迅速復原，一旦昏迷，復原機能失效，器官便會逐漸萎縮，不及早痊愈，器官便會衰竭，最後死亡。」嘉薰醫生一邊剖驗「蚯蚓」一邊解釋。

「叮鈴叮叮鈴鈴……」

「十時半了，這個時間，誰人不識趣，打電話給我？」徐醫生直着身子，望着手機疑惑。

「你應該學我，工作時把手機關掉。」嘉薰醫生道。

電話響了一陣子，轉駁去留言信箱，不一會又「叮鈴叮叮鈴鈴」的不安起來。

「有緊急事嗎？」徐醫生咕嚕，匆匆放下器具，除掉手套，扭開水龍頭，洗淨雙手，拉低口罩，取來手機。

對方仍沒掛線，似乎有要事，非找到徐醫生不可。號碼來自警署。

「喂，我是徐醫生。」

「喂，我是何Sir呀。你有見過嘉薰醫生沒有？他人間蒸發了。」

「他在我旁邊做解剖，解剖時不接聽電話，我把電話給他……」

「原來你兩個在一起，太好了。你們那兒有沒有上網電腦？」

徐醫生環顧四周，隔着玻璃牆的對面，是工作間，桌上有幾部電腦，用手勢問嘉薰醫生可否使用，他點頭，就告訴何Sir：「有。」

「好！有緊急事商討，極富挑戰性！」

「討厭！」徐醫生吐出一句。

「Net-meeting吧。我可以一塊跟你們談。我在警署辦公室。連線過來，我等你們。」

「等一等。」嘉薰醫生和徐醫生除下保護裝備，走進隔壁的工作間。嘉薰醫生拾起遙控器，按鈕，一堵平滑厚實的白牆頓成偌大的電腦屏幕。

徐醫生坐到電腦前面，開啟視窗，輸入何Sir辦公室的電腦

位址。

嘉薰醫生對住屏幕牆，舒坦地靠在椅背上。

未幾，網路接通。何Sir的大頭出現在屏幕當中。他的樣子相當頹唐，頭髮蓬鬆，領帶放鬆，鈕扣解開，拿着木筷夾起一箸杯麪，送進口裏，發出「殊殊」的聲響，一見嘉薰醫生和徐醫生現身電腦屏幕上，便仰頭把麪碎和湯汁一口灌下肚子，再把空杯丟進牆角的垃圾桶裏。

「咖喱杯麪做宵夜，很不健康呢！」嘉薰醫生三句不離本行。

「這不是宵夜，是晚餐。那宗沙咀道槍戰，快把我弄死了。」何Sir又灌了口咖啡，用衣袖口揩揩油嘴，隨手從桌上撿起一枚曲別針，拗直當作牙籤剔牙，「咦？你們在什麼地方？」

「嘉薰醫生，你告訴何Sir吧。我不知道這裏是什麼地方？」徐醫生挪開身子，讓何Sir透過屏幕看見身後的亞星，「阿Wing請我們來剖驗——」她本來想說「這南亞裔殺手」，但想起曹博士叫他們守祕的叮囑，就把話吞下去。

「哎喲！嘉薰醫生，你竟讓徐醫生也牽連到特工的事。」

「她自己要跟着來，我和阿Wing從沒叫她參與。」

「對，與他們無關，本小姐主動請纓。我想幫助阿Wing，怎樣，你嫉妒嗎？」

「徐醫生，自招麻煩，何苦呢！跟阿Wing那幫人扯上關係，只有倒楣。」

「何以見得？」

「遠的不說了，就說今天的沙咀道槍戰。發生時，我們警察沒一個在場，沒開過一槍。跟南亞裔殺手駁火的，是他們。結果，引致途人傷亡。現在，羣情洶湧，面對議員、傳媒的嚴厲質詢，阿Wing與R『咻』一聲的飛往台灣，阿漆與阿Ken留醫，M一如以往愛理不理，他們的身分又不能公開，我們警察惟有硬食，啞子吃黃蓮，有苦自己知。唉！警方有沒有低估匪徒火力？警方的部署有沒有出錯？誰人要為慘劇負責？為什麼不封路？行動前可有做過風險評估？可有考慮市民安全？大佬呀！關我屁事！我一頭霧水，自然支吾以對，含渾其詞，模棱兩可，於是又被批評為官僚、隱瞞、低能、失職。唉！倒楣之極！」

何Sir整天受盡委屈，忍不住大吐苦水。

「的確慘情。」徐醫生雙手托着下顎，扁起嘴巴。

「你找我們，一定不只是吐苦水，要我們幫助什麼？」嘉薰醫生深表同情之餘，明白何Sir無事不登三寶殿。

「有傷者向警方投訴，槍戰令他們受傷，要求賠償。案件似乎會掀起追索潮，一旦追索成功，就手尾長了。」

「據了解，亞星沿沙咀道逃跑時，一路向途人和車輛開槍。」嘉薰醫生回望正被解剖的亞星，「阿Wing他們只是在後面追捕，並沒還槍。途人中槍，不該責怪執法人員。」

「對呀！情況就像漁護署人員追捕咬人瘋狗，被狗咬傷的人不應不講道理的向漁護署索償。」徐醫生附和。

「現今社會，怨氣沖天，願意坐下來講道理的人，愈來愈少。」何Sir一臉無辜，「我們公職人員，愈來愈難做。」

「如果，我們證明市民的槍傷是由亞星造成的，對你們多少會有點幫助。」嘉薰醫生提議。

「有道理。」徐醫生拿出平板電腦，指頭嫻熟地在屏幕點

撥，「這裏是不同人中槍後的傷口，你看看。」最後把平板電腦放在桌上，讓嘉薰醫生參詳。

嘉薰醫生選定一幅照片，拇指和食指放在屏幕上下一分，把畫面擴大，沉吟道：「嗯，這肩膀上的槍孔，子彈還留在體內呢！要分析開槍的是誰，該不困難。」心想這該是阿漆的傷口吧？

「這個倒容易。」徐醫生以一種「難不倒我」的姿態回答：「只要外科醫生做完手術取出彈頭後，再分析彈頭上的『來復線痕』就行了。」

「來復線痕」為子彈的指模，可以斷定子彈來自哪一把槍。（詳見《嘉薰醫生 5 槍火魔蹤》）

「對，就如此簡單。下一幅。」嘉薰醫生處理完問題，指頭一撥，選取另一組照片。

徐醫生搖搖頭，為難地説：「這些卻很難説了。傷口都呈直線，擦過皮肉，或如針穿過大腿肌膚，沒留下子彈，怎知道是誰的手槍造成的呢？」

「讓我瞧瞧，好嗎？我不想老是搭檯。」何Sir在網路的另一端抗議。

「噢，也對。」嘉薰醫生於是把線路接駁平板電腦，屏幕牆出現了兩個視窗，一個有何Sir的大頭，另一個屬於平板電腦。

何Sir湊近瞇起雙眼，觀看徐醫生展示的相片羣，咂一下舌頭：「嗔，這些擦過皮膚的傷痕，邊緣沒有『發射藥文身』，就連槍傷或刀傷也難以分清呢！」

無須他扮專家，徐醫生和嘉薰醫生自然明白，手槍發射時，同時釋出高溫、火藥、銅鉛鎳等金屬，伴着子彈，當子彈擦過皮膚，就會在皮肉上留下火藥和金屬，皮膚也會出現灼傷迹象，這是「發射藥文身」，證明是槍傷。（詳見《嘉薰醫生 5槍火魔蹤》）

嘉薰醫生從徐醫生手中取過平板電腦，再次細心研究照片。

何Sir補充道：「亞星在沙咀道沿路開槍，前後更換了兩個彈匣，他用的是Glock 19，每個標準彈匣可載十五發子彈，三乘十五等於四十五，減去手槍內未曾發射的五發子彈，他至少轟了四十槍。」

「槍林彈雨……」嘉薰醫生用拇指和食指搓摸鼻頭。

「我們封鎖現場，作地氈式搜查，暫時撿到五十二枚彈頭，當然包括特工還火時留下的彈頭。做特工真好，開了槍後可以拍拍屁股走人，留下大堆的鑑證工作給警方善後。你們等一等。」

原來他們是特工。徐醫生心裏的謎團解開了。

何Sir「剔剔得得」的用「一陽指」敲擊鍵盤。

電腦屏幕展開一個新視窗，是一幅槍戰現場的鳥瞰圖，標示中槍者的位置，分別用X符號加上阿拉伯數字作代表，刻在地圖上，其中六名傷者都在便利店內外，裏面二名，外面四名。

他接着解釋道：「一路上，只得亞星一人開火，到了便利店外，特工還擊，R、泰臣和阿Ken都開了槍，這兒就是關鍵所在，分析也最複雜。」何Sir再敲一下鍵，屏幕上出現小光點，圈住便利店內外的其中四個X，「警方的鑑證人員做過『發射藥文身』分析，這四名傷者被流彈所傷。其餘兩人證實被玻璃碎片割傷。請看下一幅。」

屏幕畫面一閃，出現一幅鳥瞰圖，展現不同位置撿出的彈頭，五十二個標示，密麻麻的，分布在街道、燈柱、商舖大門和樓宇牆壁上。何Sir的小光圈，落在便利店內外的彈頭位置，共出現二十六個小圈，店外十九，店內七。

何Sir繼續報告：「經子彈指模『來復線痕』分析，證實其中十一枚彈頭來自亞星的手槍，餘下的十五彈，分別是R和泰臣各佔七彈，阿Ken一彈。」

嘉薰醫生盯着屏幕，問：「店內的子彈，來自誰人的手槍？」

「R的三彈。亞星的兩彈。泰臣和阿Ken各一彈，在這裏，和這裏。」何Sir準確地在屏幕圈出彈頭位置。

「當時亞星背着便利店，特工圍着他開火，子彈都向便利店射去，店內兩名女職員被特工射中的機會是——」嘉薰醫生從電腦視窗搜出計算機程式，一邊鍵入一邊説：「三加二，再除七，71.4巴仙……」

「若從彈頭位置，加上R、泰臣和阿Ken的站立位置，互相對比，便利店職員給R射中的機會最大。」徐醫生指着屏幕。

嘉薰醫生提出質疑：「其實便利店內一片凌亂，也曾有人出入走動，可能移動了子彈位置，影響子彈的軌迹分析。說R誤傷市民，有些武斷吧？」食指有規律地輕敲桌面，思考該如何從這些子彈中，梳理出誰是傷人的兇手呢？

「同意。」徐醫生明顯早已考慮了這點。

「何Sir，請你讓我看看彈頭的形態。我要放大圖。」嘉薰醫生似乎想到重點。

「警方的電腦有點…… 落伍，放大後的照片，清晰度恐怕欠佳，我把檔案直接傳到你的手機吧。」

「也好。」嘉薰醫生從口袋裏取出手機，開啟電源。

「彈頭形態，有用嗎？」徐醫生歪起頭，用食指支着側額。

「嘟——」檔案傳到。

嘉薰醫生打開檔案，放大圖片，逐一細心研究，看到第三幅，眼睛一亮，有所發現，語帶興奮地說：「你們看！ Every contact leaves a trace。這子彈上留有它傷人的證據。」

手機屏幕出現一顆放大了的彈頭，因撞擊而變形，令原本半球體的前端呈不規則凹陷，嘉薰醫生用原子筆尖指在彈頭側的位置，那裏沾着幾根若隱若現的幼絲，說：「這是衣服纖維，我們所謂的trace evidence（『微物迹證』）！」

徐醫生給他一言驚醒，緊接說下去：「我們可先比對衣物纖維，看屬於誰的衣服，再從『來復線痕』推論子彈是誰發的，不就清楚這子彈擦過哪位傷者的衣服嗎？」

嘉薰醫生點頭：「聰明！還有，看這枚彈頭上，更有暗咖啡色的漬呢！」

徐醫生挨近手機屏幕，睜大眼睛才略為看見一道幾毫米長的暗咖啡色線，嘉薰醫生解釋：「我相信是乾涸的血漬。子彈擦過皮膚後，會沾附傷者的皮屑和血液，只要從中套取基因，比對傷者，也不難證實誰射傷了誰。」

「這方面的分析工作也不容易呢！」徐醫生感歎。

「我這個搭檔的，雖然聽不懂你們交流什麼，但聽得出是個很複雜的好方法。」何Sir呵欠一聲，雙眼滿佈紅筋，兩手「啪」的擦掌，滿意地笑着說：「鑑證的工作由你兩位大國手統籌，不難，不難！」

「我還要剖驗——」嘉薰醫生指一下身後，「現階段，不能跑開。」

「徐醫生，這富挑戰性的工作，你當仁不讓吧！」何Sir仰頭把咖啡罐倒轉，卻只流出一滴咖啡，滴進口裏，他的舌頭一轉，喉頭一動，半滴也不浪費，然後使勁把咖啡罐捏凹，張開雙臂伸個大懶腰，「呵欠，今晚到此為止！」

「……」

Net-meeting斷線。

「他……」徐醫生咕嚕，「什麼意思？就這樣，把球拋給我……」

「哈，你也成了『挑戰者號』。」

「『挑戰者號』？」

「那是一架穿梭機，1986年執行任務時，升空後73秒時爆炸墜毀。我們都是『接受任務，至死方休』。」

「我才不要！……」

4

在登機閘口附近，R拿着一杯Mocha咖啡，坐在咖啡店的旋轉雜誌架後面，正偷看坐在閘口長椅上的阿Wing。

阿Wing的腳邊放着旅行袋，垂下頭，沒看書，沒掃iPhone，沒打瞌睡，眼怔怔的，R不知他在想什麼？

他會不會回想今天那個女孩子？

R當時站在行人天橋上，一目了然，旁觀者清。阿Wing幾近瘋狂地追，女孩子狼狽尷尬地躲，雯生硬突兀地攔。

居高臨下，她甚至清晰看到女孩子和雯各自進出的士的一幕。雯剛通完電話，同一時間女孩子也關上手提電話。巧得很。而正當女孩子登上前一輛的士，雯離開後一輛的士，電光火石之間，她們互望一眼，眼神彷彿滿有默契，表情也起了微妙變化，雯就衝上前攔住阿Wing的去路，白白讓女孩子乘坐的的士駛走。目睹這一切，R怎不起疑？

那女孩子，R似曾相識，看過她的照片，不過為求肯定，R請阿莫把檔案傳來對比。

R拿出手機，再打開檔案，屏幕現出真生的照片。她把相片稍為放大，又端詳一次，女孩子的確像真生，只是相中的真生，笑靨甜美，平易近人，年輕、開朗而自信，而女孩子卻明顯鬱結深沉、成熟內斂多了。

她是真生嗎？

真生明明已經入土為安！

人有相似罷了！

R 本來不想多事，説服自己真生已死，人有相似罷了，一來卻按捺不住好奇，二來看到阿Wing追蹤女孩子的瘋狂，以及雯的攔阻，更叫她不安。如果單單人有相似、阿Wing認錯人，雯無須阻撓阿Wing接近那女孩子。

R想跟阿Wing討論這事，了解他的想法，但一想到，與心愛的人談他的舊情人，她過不了自己。況且，阿Wing對此事隻字不提，她如何開口？

R矛盾極了。

她選擇找S跟蹤雯，監視她，如果雯和女孩子不相識的話，

事件就此為止，否則兩人還會見面。到時，她才斟酌下一步。

航空公司地勤人員宣布旅客可以登機。

阿Wing挽起旅行袋。

R把剩下的大半杯Mocha遺在桌上，也挽起旅行袋，收好手機，收拾心情，悄悄走到阿Wing身旁，打趣問：「先生，介意我插隊嗎？」

「R！」阿Wing喜出望外，露出整日不見的笑容。

看見阿Wing笑，R的心溶化了，儘管臉上的表情變化輕微。

「原來，你也有興趣跟我去高雄碰壁？」阿Wing牽着R的手。

「要碰壁，就一起碰吧。」R依偎着他。

兩人像一雙打算飛往墾丁拍攝婚紗照的「準新人」。

（R與阿Wing在機場會合後，飛往高雄，展開另一個冒險故事，詳見《Q版特工 28裂島》。）

真生再見2
緣慳一面

3 商場迷蹤

跟蹤不果，嘉薰醫生飆車駛過，線索就切斷嗎？

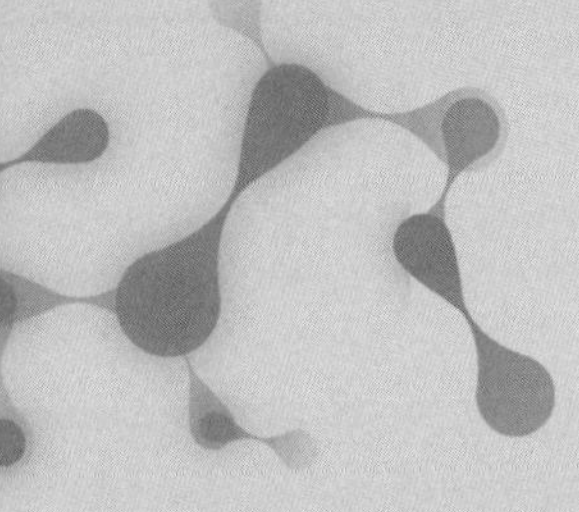

1

雯約芷晴在旺角的朗豪坊商場見面。

「芷晴，你説這裙子好看嗎？」雯在時裝店內，從陳列架中抽出一襲紫色的連身裙，興致勃勃地向心不在焉的芷晴徵詢意見。今早芷晴拆掉纏在手臂上的繃帶，只留下一條結了疤、彎細如乾枯了的幼蟲的傷口。

雯把裙子連衣架舉起，斜放在身前，比試一下。芷晴回過神來，後退一步，端詳後説：「嗯，很適合你呢！」

雯看看價錢牌，滿意的悄聲説：「還有七折呢！」笑得眼睛瞇成一線。

「快去試穿。」

「你也去挑一件心頭好吧，掛在那邊的都是新貨。」

「你試穿去，別管我。」

「看你，樣子老是悶悶不樂，逛街購物是女孩子第一樂事嘛，輕鬆一些，何況阿Wing和R都已不在香港，你不用擔心遇見他們。」

「不知他們在台灣…… 工作…… 是否順利……」

「聽嘉薰説，他們在台灣阻止了恐怖襲擊，正依循線索，追蹤到福州，逮捕恐怖分子。阿Ken、泰臣，還有受傷未癒的阿漆也出動北上。」

「這麼大陣仗，一定很棘手。他們會有危險嗎？……」

「阿Wing和R身經百戰，又有特工支援，不會有事的。」

「這次行動，也因為雄爺嗎？」

「芷—— 晴——」雯把名字拉得很長，語帶苦口婆心，「別再亂想。」

「好，我不亂想。」芷晴按着雯的肩膊，帶笑地輕輕把她推向試身室，順手取過雯的手袋，「我替你保管手袋，你專心試新衣，我專心挑新衣。」

「對。謝謝。我們逛街購物，就是要忘掉不快，減壓鬆弛嘛。」雯捎着裙子走向不遠處的試身室，推開薄薄的板門時，回望芷晴一眼，芷晴已收起牽強的笑容，百無聊賴地打量衣架上的裙子。雯憶起芷晴昔日的歡顏，甜美的一張笑靨，就歎口氣，

這麼好的女孩，年紀也不小了，怎麼還沒有對象呢？這些年來，她的感情生活一直空白，不是沒有追求者，而是心如止水，這就是所謂的「曾經滄海難為水」嗎？到底誰能推開她厚厚的心扉？芷晴一向灑脱，處理感情事上怎麼會像阿Wing一樣拖泥帶水？

芷晴的手不錯在撥動衣裙，眼卻看不進半點色彩，心依舊緊繫高雄、福州。

唉！怎麼又想到阿Wing那裏去了？芷晴暗地埋怨自己。

自重遇阿Wing那天起，她努力撫平的心湖就激起千重波浪，久久難以平復。她以為時間能沖洗一切，事情會回歸平靜重新開始，料不到辛苦經營的，敵不過那匆匆一瞥。

那宗荃灣槍擊案，令她更明白特工行動危機處處，隨時身陷險境，阿Wing追捕毒梟，純粹為追求公義締造和平嗎？背後是否也為了他的真生，不顧危險要替她討回公道？芷晴獨個兒在試身室外，等候雯穿上裙子後給她意見，腦子在胡思亂想，這些年來，芷晴大部分時間都身處異地，回港時行色匆匆，能夠敘舊的人，屈指可數，就只有嘉薰醫生、曹博士和雯。

　　她從時裝店的落地玻璃往外看，一個中年大叔霍地閃進她的視線之內。

　　那個中年大叔頭戴棕色氈帽，身穿藍色格紋外套，臉上架着一副粗框厚片眼鏡，坐在商場走廊中央的長椅上，讀着馬經。芷晴相信，他不是讀馬經，他手上的馬經只是掩飾，掩飾他偷看她和雯，兩秒鐘之前，她無意中跟他的目光相接，他那閃爍的眼神立刻轉回馬經之上。她從前受過跟蹤訓練，感覺敏鋭，馬上意識到大叔看來是個跟蹤者。

　　她回想二十多分鐘前，在地下的商場正門等候雯。雯從地鐵站那邊過來，大叔就走在雯身後。地下的商戶全是名牌化妝品，除了陪伴女友的或者過路的，甚少單身男人在化妝品櫃檯之間流連。她和雯曾經在地下逛了一圈，印象中，大叔曾在她的視線範圍內消失，但不久又見他在她們附近徘徊。

　　現在她們來到另一翼的三樓，他又在三樓，如影隨形！

　　芷晴暗叫不妙，表面仍裝作鎮定，低頭瞧瞧手裏雯的手袋，想了想，打開，一邊檢查，一邊以不疾不徐的步調，走向試身室，輕輕敲門，儘量壓低嗓子，説：「雯，我們似乎被人跟蹤。」

她清楚聽到裏面傳來「呀」的一聲，試身室門下的光影竄動，才三十秒門便半開，雯探出頭小聲問：「你不是開玩笑吧……」卻見芷晴一臉認真，便改為問：「什麼人跟蹤我們？」

「時裝店門口戴氈帽的男人，別看他，我們若無其事地離開。」

「知道。」

雯步出試身室，把裙子交還店員。

「合身嗎？」店員熱情地問。

「不合。」雯隔着店員瞥一眼門外的大叔，一張平凡的臉孔，有點面熟，卻記不起在何時何地見過他。

「請挑選其他貨品。」店員的熱情減退一半。

「請問洗手間在哪裏？」芷晴問。

「出門口，轉左，直行，走廊尾。」店員的態度由熱轉冷，瞬間完成，速度比四川的變臉大師還要快。

芷晴勾住雯的手臂，一塊兒走出時裝店，經過大叔身前。

大叔加倍專心的「刨馬經」，沒瞧她們半眼。

跟大叔相隔一段距離，雯輕輕説道：「我想起來了，好像在地鐵車廂裏見過他，但不十分肯定。」

「小心為上。」芷晴竊聲道：「這人鬼鬼祟祟，絕非善類，我們避之則吉。」

説着，兩人來到太平門外，女廁就在門後，男廁設在上一層，大叔大男人一個，沒可能跟着進來。她們推開太平門，稍進女廁，一閃身就直竄後樓梯，彷似蹺課的學生，生怕被老師發現。兩人踩着兩雙高跟鞋「劈拉劈拉」的踏級而下，氣喘呼呼的走到街上，一輛巴士剛好來到，她們二話不説就登車而去，也不管巴士開往哪裏。

S除下氈帽，放低馬經，仰臉盯着女廁的指示牌，雖説香港女多男少，商場女廁的廁格不足，經常大排長龍，但雯和那女孩

子如廁的時間畢竟太久。S開始起疑，於是掏出智能電話，輸入「8yu-ql43' -p34/」密碼，開啟追蹤程式，一點綠光出現在屏幕上。

他檢查綠光位置，把地圖放大，核對，確定位置正是前面的女廁。

那綠點，標示雯身處的位置，不錯，她正置身女廁之內。

快十五分鐘了，怎麼她倆仍在廁所內，絲毫沒移動？S懷疑事有蹊蹺，除了一直盯着太平門的出入口，無法行動，總不能在眾目睽睽下硬闖女廁吧！

又等了五分鐘，商場女工在走廊的另一端出現，推開太平門，準備清潔廁所。這時S發現綠光終於急速移出廁所，他不敢怠慢，閃身上前，守在門口，哪有雯的蹤影？他又望屏幕以確定綠光位置，噫？停下來了，S走近，才發現「一角硬幣」擱在女工用來盛載清潔用品的手推車之上……

那枚「一角硬幣」是個追蹤器，內藏GPS系統，可全天候顯示位置。

那天在醫院的行人天橋上，雯、R和阿Wing一字排開，R乘着閃避行人，挨近雯，把那枚「一角硬幣」暗暗攝進雯掛在肩頭的手袋內。

R使用一角硬幣掩飾，除了因為它的體積小，容易鑽進細小的缺口或窟窿，神不知鬼不覺，更可靠的是留在手袋裏不容易被發現，即使發現了，雯多半把它轉放隨身的錢包裏 —— 現在購物，用得上一角的機會已經很少了……

S除掉眼鏡，咬着鏡臂。他這趟，可說「老貓燒鬚」了。

R下令跟蹤雯，雯一定有問題。顯然，雯發現被跟蹤，找出追蹤器，把它遺在手推車之上，然後偷偷由後樓梯離開商場。

S告誡自己，下一趟，一定不會讓她輕易溜掉。

跟雯一起的女孩子是誰？

需查明。

雯和芷晴氣喘吁吁的登上巴士上層，在後面的座位並排坐下。芷晴猶有餘悸，一邊從口袋掏出毛巾揩額上的汗珠，一邊頻呼大氣：「好險！總算擺脱那人了。」

芷晴雙頰緋紅，短髮邊滲着汗水，拿着小毛巾當扇子搧着，像驅逐蒼蠅似的。雯嫣然笑道：「幸好你夠機警，識破那人，還發現追蹤器。」

「你最近有開罪了誰嗎？遭人跟蹤。」

「沒有。」雯用指頭輕敲額角，「我真的想不出來。」

「那人會不會暗戀你的貌美如花。」緊張過去，芷晴放鬆下來，曉得跟雯開玩笑。

「怎可能！胡説八道，那人一把年紀…… 我説呀，也許醉翁之意不在酒，在乎身邊之人也。」

「咦……」芷晴突然想起什麼，愣住了，喃喃道：「他的目標可能是我……」

「啊！原來繞個圈子稱讚自己貌美如花。」

「不，我認真的。」

「你認真的稱讚自己，我明白的。」

「你先聽我説。」芷晴的神情嚴肅起來，「昨天，我探望娥姐，她説有個疑似警察的女子，查問我的下落，留下卡片要我聯絡她。那女子是R。」

「但剛才那個大叔，不可能是R假扮吧？何況，R人在台灣。」

「R可以派下屬追查。」

「你是説，R跟蹤我，因為她不知你的下落，要藉着我找到你？」雯開始理出頭緒，卻半信半疑。

「那一角追蹤器，設計精良。極可能是R放在你手袋裏的。你那天在醫院，不是曾和她接觸嗎？」芷晴想起剛才福至心靈，及時在時裝店發現雯手袋裏的追蹤器，不然的話，難以擺脱那跟蹤者。不禁暗叫「好險」。

「那天，我們一起走過行人天橋……」

「那天你也用這手袋嗎？」

「當然，那天本想和嘉薰逛街，每逢逛街我都愛帶這手袋。」

雯想了一想，「呀，在行人天橋上，R為了閃避途人，曾不小心碰了我一下。」

「R這人很利害。」

「你乘的士離去不久，我和阿Wing就在天橋上看到R。」

「R在天橋上，可能看到你阻撓阿Wing，因此對你起疑。」

「怪不得她的表情…… 有點敵意……」雯的心一沉，原來R早發現了芷晴，用詭計追查她。看來芷晴的身分，正逐漸曝光。

芷晴望出窗外，朗豪坊已在遠遠的後方，窗外是旺角的街景，行人擾攘的在左方退去，巴士向前駛向太子，人生的景象，也該這樣退去，再往前奔走，朝向新方向新格局吧？

「阿Wing到底喜歡R什麼……」芷晴呢喃，但感情事，哪說得清楚？雯見芷晴若有所思，便轉換話題：「其實，我很喜歡那襲裙子，既合身，價錢又便宜，可惜買不到。」

芷晴回眸，燦然一笑，道：「如果它是屬於你的，明天你回去，它仍然掛在衣架上等你。如果它不屬於你的，就算明明拿在手裏，最終還得放手。」再次把目光移向窗外，心事重重，歎口氣，「我有種感覺，阿Wing或R隨時會發現我。」

雯明白這種感覺，女孩子，總有一種無法理解、微妙又敏銳的直覺，突然會感應某個你喜歡或不喜歡的人，就在附近。

「我真的感覺得到。」芷晴加重語氣，彷彿要説服雯。

也許都是女孩子，雯點頭表示明白。

「幾年沒回香港，想不到這次回來，竟會遇上槍戰，還差點在行人天橋給阿Wing截住。唉！」芷晴苦笑，巴士的冷氣有點大，她伸手把頭頂的排氣孔關上，心裏想，如果記憶的出口和往事也可以隨意關上，多好。

「你在外面那麼久，總不能一輩子流浪下去吧！」雯替她難過。

「流浪，我早已習慣了。」芷晴把手巾摺疊起來放回手袋裏，「反正，我不是一個擁有將來的人。」

雯無言以對，言語所能表達的，遠遠及不上內心所想的複雜。一時間，雯想不出什麼説話寬慰芷晴。

雯從芷晴的眼中，看出猶豫的神色。這女孩，多年來一直努力迴避，像逃亡似的，但雯懷疑，這不是好辦法，因為阿Wing對芷晴來說，不僅是有形的個體，他在她心中，是沒法磨滅的一個傷疤、一個印記。當一個人在你的心中，你可以往何處躲避他呢？你如何擺脱這架在心中的網羅呢？無論在什麼地方，只要活着，這顆心仍在跳動，心上人仍在心上，叫你無處可逃。

這時雯的電話響起，來電顯示：「嘉薰」。

「嘉薰…… 我和芷晴在一起…… 剛才好險呢！我們在旺角，被人跟蹤…… 沒事了，放心，我們已經擺脱對方……」雯把服裝店發生的事略略説了一遍，「明天，可以抽時間陪我？太好了……你也要輕鬆一下……看電影…… 二時半……」瞄瞄芷晴，用眼神問「好嗎？」，見芷晴微笑點點頭，便説：「沒問題，那，你買三張戲票吧，對，芷晴也去…… 好…… 下午二時…… 先吃點東西…… 繽紛百貨公司內的千島美食廣場，明天見！」

2

傍晚，阿Wing、R等人從福州返抵香港，旋即在特工基地裏發生激辯。

事緣，在回程途中，阿Wing與阿漆一人計短，二人計長，及後阿Ken加入，三個臭皮匠，勝過一個諸葛亮，他們想出一條超級無敵絕世臥底猛男破天荒無間道苦肉計。昨天，毒梟坤嫂雖在台北逃脱，但她的近身保鑣蘭姨被阿Wing拘捕；明天，由未曾在台灣露面兼身上帶傷的阿漆出馬，假扮被捕的走私客，在關押地點，接近蘭姨，救她逃亡，藉此追尋坤嫂的下落。

風險雖大，但計策可行。

反對最烈的是露絲，她出奇地一反平日的冷靜、專業，態度近乎蠻不講理的大力反對。她的最大理由是阿漆的槍傷未癒，不應冒險。

另一方，阿Wing和阿Ken主張兵行險着，阿漆亦自信可以應付。

以三敵一，露絲拗他們不過。

R一直保持中立，站在旁邊，不表示意見。一來，她讓阿Wing作主，二來，她也是女人，完全體會露絲的擔憂。不過既然由阿Wing作主，她不能站在露絲那一方，而且，最重要的，特工為完成任務，險不能不冒，這才是專業。

最後，阿Wing和阿漆連夜趕往台灣，執行他們的苦肉計。露絲硬要跟着去。

R在沒人的走廊盡頭，抱了阿Wing一下，叮嚀「小心，我等你回來」，便讓他冒險去了（詳見《Q版特工29暗域狙擊》）。

眾人啟程後。

走廊的另一端，S耐心地等候R前來。

R來了，背靠牆壁，兩臂交抱，等候S向她匯報。

S的匯報言簡意賅，重點分明，不含糊，沒遺漏。R沉默聆聽，不插一言，表情沒變化，姿態也幾乎沒變化，除了把抵牆的左腳轉為右腳。

S匯報完畢，R拿出手機，在屏幕上展示真生的檔案照片。S看了一會，點點頭，又搖搖頭。R明白，幾年前的舊照片，跟昨天的眼前人，有時難以確定是否同一個人，她在天橋上看，女孩子在天橋下跑，事後再看真生的檔案照片，同樣感到猶豫。

「還有，這段電話截聽，也許是條線索。」S把手機交給R，「今午，在旺角，跟丟了，後來截聽到嘉薰醫生給雯的電話。」

「Okay，S，你的任務到此為止。雯，我自會跟進。」

「是。」

「一切保密。」

「是。」S轉身穿過走廊，進入升降機，不見了。

倚在沒人的走廊盡頭，站在三壁空牆之間，面對明亮而寂靜的甬道，R提起S給她的手機，按鍵，收聽那段電話截聽錄音，音質有點沙，但嘉薰醫生那句「我買三張戲票，你約好芷晴⋯⋯下午二時⋯⋯ 在繽紛百貨公司內的千島美食廣場⋯⋯ 邊吃邊等⋯⋯ 明天見。」仍是聽得清楚的。

尋找芷晴並不困難，令R訝異的是，嘉薰醫生竟也認識芷晴。嘉薰醫生曾是真生的主治醫生，他該清楚芷晴和真生的關係吧？⋯⋯

3

陽光從窗簾的縫隙透進病房，在地板表面描畫出一條金燦燦的直線，俐落地把病房一刀切的一分為二。金線的左側是病牀，娥姐躺在牀上，眼皮顫動，呼吸急促，她即將從噩夢中掙扎醒來。金線的右側是房門，剛被人推開一扇，走廊的燈光透過門隙射進病房，照亮金線左側，病房隨即二分成一光一暗的世界。如果人生的是非對錯，如此分明，倒也省卻不少煩惱，R忽地有感而發，最切身的例子就是愛情，從來沒有一刀切的愛與不愛，只有藕斷絲連的微妙感情，剪不斷，理還亂。R踏進病房，掩上門。

「啊！」娥姐從夢中驚醒。

R拉開窗簾。

病房一片明淨。

「打擾你休息，不好意思。」R站在牀前，俯視娥姐。

「沒關係。我睡醒了。發了個噩夢。」

「喝點水吧。」R轉身為娥姐斟水，「我有兩件事，請你幫忙。」

「請問，你是不是警察？」

「不是。」R把半杯清水遞給娥姐，「我是特工。」

「特工……」娥姐接過水杯，呷了一口。特工這行業，對娥姐來說，非常陌生。

「當天，在沙咀道，我們追捕國際殺手，誤傷你和芷晴，十分抱歉。你們的一切損傷，包括便利店的破壞，我們雙倍賠償，但請你們不要向警方索償。」

「我答應。」娥姐明白事理，「據我了解，芷晴也不會索償。」

「第二件事，跟芷晴有關。我們找不到她。」

「她前天來過。就在你離開之後。」

R眉頭一蹙，心裏大歎可惜。

「我告訴她，你想找她。不過，她不打算跟你聯絡。」

「為什麼？」

「我不清楚。其實，我對芷晴認識不深。」

「我以為你們是深交。」

「我去年往多倫多探親，隨親戚到當地的華人教會參加主日崇拜，散會後認識芷晴。我們一見如故，談得投契。她還開車帶我去看瀑布。雖然談得投契，但我們都不提往事。大概，苦命的女人，總有一段傷心的過去。離開多倫多前夕，我把香港的地址給她，囑她回香港找我。半個月前，她挽着行李來到便利店，嚇我一跳。那時，便利店缺人，她便留下幫忙，兼且在我家裏暫住。」

「原來如此。」R心裏有數，亦不追迫娥姐，「謝謝你的資料，我告辭了。」要找芷晴，R自問仍有方法，例如下午二時，在千島美食廣場，將會見到她。

4

下午二時，午飯時間剛過，香港人準時下班，準時上班，食客來得快，去得也快，美食廣場的人流跟半小時前的高峰期比較，鋭減超過一半，空桌大增，食店員工終可鬆一口氣。

雯和芷晴都點了熱奶茶，在一個當眼的路口位置，找了張四人方桌坐下，等候嘉薰醫生。

「他很少遲到……」雯瞧着手機的時間顯示。

「還沒夠鐘嘛。可能堵車。沒關係，還有半小時電影才開場。我們邊等邊歎奶茶。」

「奶茶的味道如何？」

「港式奶茶，棒極了。」

「唐人街也有港式食品吧？」

「一點都不地道，味道差天共地。」

她們各自喝了一口奶茶後，嘉薰醫生旋風似的衝到她們身後，他跑得滿頭大汗，卻沒坐下，只像喊急口令般説道：「我來時在停車場低層，看見R的車，剛才在商場三樓見她在扶手電梯

上，往這裏來。別往後望，放下奶茶，分頭散開。芷晴走出口A，雯走出口B，我們各自儘快離開沙田。」

雯和芷晴面面相覷，腦子一片混亂，極力消化嘉薰醫生的說話。

嘉薰醫生着急，大力推她們的椅背，在齒縫之間迸出：「R已快到千島美食廣場門口，要發現芷晴了。快—— 跑——」

芷晴首先反應，放下奶茶，挽起手袋，一個箭步飆向左邊的出口A，嘉薰醫生繼續向前走，雯糊裏糊塗地站起身，跑了三步，退後兩步，放下奶茶，抬頭找到出口B的指示牌，便轉往右邊。

R急步朝千島美食廣場走來，想到快要面對面看見神祕女孩子，不期然緊張起來。

今趟要和她談談，她沒可能避了。

R信步踏出扶手電梯，隔着寬闊的商場中庭，遠遠看見雯和芷晴離開餐桌，連同嘉薰醫生，分東、南、西三個方向散開。

芷晴低頭急步走向出口A。

R想也不想，就追往出口A。

芷晴推開太平門，快要在R眼底消失。

R心焦如焚，只恨自己沒長翅膀、不懂輕功，不能飛越中庭，過去截住芷晴。

前面走着幾個拖着大小旅行喼的自由行旅客。

R不顧一切的往前衝，能避的便避，避無可避的便推，總之，擋R者倒。

啪—— 逢—— 咚—— 啊——

在背後一片普通話叱罵聲中，R衝到出口A，待要伸手推門之際，雯突然從旁閃出，伸長雙臂，擋住R的去路。

「你，讓開，別擋住我！」R掄起拳頭，「否則我打塌你的鼻子！」

R發火，非同小可，嚇得雯像個犯錯的小學生，慌忙退開，垂首立正。

R推門而出。

出口A直通停車場出口。

放眼過去，四下泊滿各式車輛，密密麻麻的，R左右掃視，視野之內，已沒芷晴的影蹤。向來果斷的R，今趟也給難倒了，向左追嗎？芷晴若躲在右邊，便讓她溜掉，向右嗎？同樣顧此失彼。

但，R一定要選。

就在R左右為難之際——

「芷晴不在這裏，別追了！」雯在後面喊道。她冒着塌鼻之險，追出停車場，勸止R，「R，芷晴和真生像樣，你追查她，還利用我，太過分了！已經過去的，就讓它過去——」

R深深吸一口氣，朗聲回應：「我做人作事，從不含糊，決不拖泥帶水，需要弄清楚的，我一定尋根究底，查個水落石出。」

「何苦呢？你到底懷疑芷晴什麼？再這樣下去，對你和阿Wing都沒有好處。」

「不！這不是對誰有好處的問題。誰贏誰輸，並不重要。最重要的是問心無愧。我一生光明磊落，他一生重情重義。如

果真生沒死，如果他可以選擇，我便讓他選擇，不會隱瞞他。」

R愈説愈大聲，顯然，她的話，不是回答雯，而是説給芷晴聽。雯聽得出，所以答不上口，因為這段錯綜複雜的感情，與她無關，她只是局外人，當事人如何選擇，不容她置喙。

驀地，左側傳來急速的車聲。

看時，嘉薰醫生的Ford出現車路之上。

R奔過去攔。

Ford迅速左轉，轉上上層出口，不見了。

如果那不是嘉薰醫生，R肯定拔槍射他，可惜插手的偏偏是他。R停下來，喘着氣，心有不甘，徒歎奈何。

「R……」

R揚手擋住雯，示意她閉嘴。

雯只好把空洞的安慰説話，吞回肚子裏。

R緩緩轉身，步離停車場。

雯眼淺，聽R的一番話，她感動得滿眼通紅。

R緊咬下唇，強忍淚水，除了阿Wing，她沒在其他人面前掉過一滴眼淚，她不需向人交代，不需讓人可憐，她也可以選擇，她寧願自己傷心。

R推開太平門，返回商場，沒瞧雯一眼。

在停車場右側的一根石柱後面，芷晴背貼石柱，背向商場，淚水失控的從眼眶湧出，多年來，每當想起傷心事，她都想痛痛快快的大哭一場，但欲哭無淚，今天，她哭，是為R而哭。R，另一個苦命的女子。這一刻，芷晴下定決心，今生今世不能讓阿Wing找到，苦就由自己一人承受，不能加添R的痛苦。

R回到美食廣場，盯着雯和芷晴曾坐過的椅子，空空如也，再往上看，餐桌上放着兩杯喝剩一半的奶茶，其中一隻紙杯的邊緣留有口紅印。R瞧得清楚，雯塗了口紅，而芷晴是不飾脂粉的，她掏出手帕，拿起旁邊另一隻沒口紅印的紙杯，芷晴用過它，或有重要線索留下，此行，亦不冤枉呢！

一小時後。

在特工基地的實驗室，徐醫生在顯微鏡下，仔細觀察亞星的組織切片，準備抽取基因檢驗。嘉薰醫生昨天通知她，亞星的器官嚴重萎縮，源於體內細胞呈「凝縮」現象（pyknosis），在醫學上從沒記載，是很好的研究材料，問徐醫生有否興趣研究，找出巫術巫藥與「細胞凝縮」間的關係。

也許因為嘉薰醫生邀請她，徐醫生欣然接受這「富挑戰性」的工作。

顯微鏡看得太久，眼睛疲累。正當徐醫生閉目養神之際，「咚咚咚……」有人敲響玻璃門。

徐醫生馬上張開眼睛，但見一個捧着紙袋的陌生女子站在門邊，玻璃門已打開，從外面進來需要簽入高級保安密碼。眼前的女子，顯然擁有這種高級權限。

「你是？」

「徐醫生，我是R。」

「啊，幸會，剛才跟Ada閒聊時，她提及你。」

R拉開椅子，問：「M的祕書Ada？」

「是。」

「她一定說我又潑辣，又凶惡。」R坐在徐醫生對面。

「不，她說…… 你為人嚴…… 謹，重原則，工作態度……認真。」

「沒所謂，不管別人怎樣說，我都不介意。請恕我開門見山，我想請你幫忙。」

「不知有什麼可以為你效勞？」

「你剛完成射傷吳芷晴的彈頭測試報告，對嗎？」

「不錯。」

R從紙袋裏取出一隻紙杯、一條染有血漬的繃帶，慎重地把它們放在桌上。紙杯上印着「繽紛百貨公司千島美食廣場」。

「這些東西……」

「紙杯上的口水漬和繃帶上的血漬，請你交叉對比它們的DNA。」

「除了刑事需要，沒病人的同意，法醫官不可擅查病人的基因，這是病人的私隱。抱歉。」

「徐醫生，我想你過敏了。這裏是特工基地，不是法醫部，更不是醫院，無須緊張什麼病人不病人的。況且當事人同意與否，對特工查案並不重要。」

「你在查案？」

「對。我正在調查兩人的身分。徐醫生，我只是要求比對兩件物品上的基因而已，無名無姓，並不涉及私隱不私隱。你並不知道標本的來源，對不？」R企圖說服她。

徐醫生沉吟片刻，想想也是。

「我們的特工實驗室內的設施，請隨便使用。」

「也好吧，或許需要三、四天時間……」說着提起繃帶看清楚。

「繃帶上的血液來自一個HIV帶菌者，可能存有愛滋病菌，要小心。」

「別擔心，愛滋病毒需依賴活細胞繁殖，離開人體後很難生存。這繃帶上的血漬已變成啡色，血該是很久以前流的吧？」

「很久以前，不錯，是好幾年前的事了。」

「那該沒傳染性了。」徐醫生戴上外科手套，用指頭拈起繃帶，打量一會，又挨近紙杯，確定上面有口水漬。

R瞧瞧紙杯，瞧瞧繃帶。紙杯是芷晴在千島美食廣場用過的那隻。繃帶來自一個封塵的紙箱，紙箱藏在阿Wing於九龍城那間污糟邋遢的住所的牀底，是阿Wing已封塵的回憶……

一小時前，R驅車離開繽紛百貨公司，駛到十字口路，遇上紅燈，停下，看着斑馬線上人來人往，不住猜想雯為何極力維護芷晴？

芷晴的樣貌和真生相像，是人有相似還是血緣關係？要證實這點，當然就是DNA基因驗證了。

她回望放在副駕駛座上的紙杯，上面有口水漬，芷晴的基因不難套取，但真生的呢？已經這麼多年了，真生的DNA，往哪裏找？她想起阿Wing的紙箱。

於是，當交通燈轉綠後，她隨即切線駛往九龍。

阿Wing從沒告訴R關於紙箱的事，但R就是知道，她知道

卻沒作聲，過去的就讓它過去，這道理她一直努力實行，她明白不該吃死人的醋。阿Wing選擇把舊情舊事封存，難道她迫他把真生的遺物銷毀嗎？要迫才做，沒意思。

到了阿Wing的家，R把牀底的紙箱拉出，拿抹布抹走箱面的厚塵，用小刀剖開封箱的牛皮膠紙。打開箱蓋的一刻，淚水在她酸澀的眼眶裏轉動，傷感、妒忌、慚愧、害怕、憂心等複雜情緒，隨着打開的紙箱，一下子如幽靈般從她心底竄出來。

紙箱裏放滿生日卡、戲票、毛公仔、杯子、小禮物、染血的繃帶⋯⋯色彩繽紛，如果人生是齣戲，這箱雜物彷彿是阿Wing和真生昔日的濃縮菁華片段。只是這段幸福的日子，轉瞬即逝，未曾開花，無緣結果。自真生離世後，阿Wing為免睹物思人，就把屬於真生的物品統統放進紙箱，闔上蓋子，用牛皮膠紙封好，推進牀底，像蓋棺一般，以為這就會「out of sight, out of mind」。當阿Wing和R談戀愛後，不想再跟舊情糾纏，也不希望小心眼的R在他家裏發現紙箱，有天他硬下心腸，決心跟前塵往事來個了斷，把與真生有關的物品全部丟掉，就把紙箱捧出門口，來到垃圾桶前卻猶豫了，把沉甸甸的紙箱「砰」的放在腳下。掙扎好一會，最後還是把紙箱搬回這個極少回的家，把回憶永久封存。

繃帶上的血漬是屬真生的，當年在斐濟的塔妙妮島上，真生為了保護阿Wing，擋了號稱「黑海一號」的俄羅斯特工一槍（詳見《Q版特工 6太空殺人真菌》），子彈傷及肩膊，阿Wing為真生料理傷口，用的就是這條繃帶……

「真生願意為阿Wing擋子彈，我同樣願意。就是擋一百彈、一千彈，我都願意……」R把繃帶從紙箱取出……

「R？」

「嗄？」

「我可以知道為什麼你要驗這兩人的血緣關係嗎？」

「我們這裏的工作文化，不同醫院。我們習慣做，不習慣問。」R調整一下呼吸，說：「對不起。我不可以告訴你，也與你無關。你不能知得太多。總之，請你幫忙。」

「明白。」

「謝謝，我三天後找你。」

情深秘密

水杯陣，不敵一角竊聽器。茫茫情海，各人應歸何處？

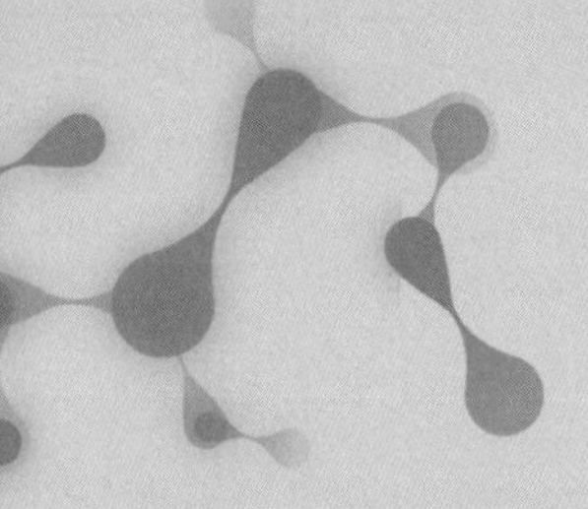

1

「徐醫生，你的Earl Grey。」Ada走進特工總部的實驗室。

「放在桌上就行了。謝。」徐醫生頭也沒回，埋首分析基因。

但Earl Grey的清香還是飄了來，冒着煙的茶杯被端放在徐醫生工作的電腦旁。

Ada的殷勤，叫徐醫生很不自在，特工組織的祕書都是這般殷勤嗎？每兩小時就進來一次，送上她喜歡的Earl Grey。

徐醫生對Ada並沒好感，她愛在人背後説三道四，上次見面時Ada就和她講了許多關於R的「個人意見」。對於比自己更「八卦」的人，徐醫生都會有點抗拒。

這已是今天的第三杯Earl Grey了，Ada終於開門見山，放下茶杯後探頭過來問：「徐醫生，昨天R見你，是不是找你查兩個人的身分關係？」Ada的眼睛斜視徐醫生。

「嗯，你怎知道的？」

「我早猜到了。『接近消息』人士透露，R正查閱真生的舊檔案，似在調查真生的死亡真相。她可能懷疑真生根本沒死。」

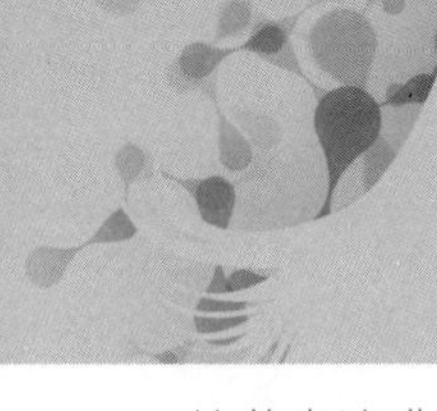

Ada掩着半邊嘴巴，流露一副「八卦」的樣了，挨近徐醫生的耳邊説悄悄話，「我懷疑，阿Wing和R發展地下情。所以，R特別關心真生的生與死。」

有人的地方，就有是非，特工總部絕不例外，徐醫生厭煩之極。

「真生沒死？不會吧？」徐醫生以不相信的口吻反問，語氣帶着教訓Ada別胡亂聽信謠言。

「我和你英雄所見略同。真生死了，千真萬確。」可惜，Ada選擇性接收訊息，沒聽進徐醫生的教訓，「我可以作證。真生離世那刻，我站在病房門外，突然聽到阿Wing淒涼的嚎叫，心知不妙，馬上跑去找醫生，再到病房時，真生已氣絕，心電圖也直了，阿Wing接受不了，我硬拉開他，他好傷心，我的紙巾遞了一張又一張。後來，我去靈堂時他也沒來。」

「謠言止於智者，你也別相信所謂『接近消息』，以訛傳訛。」徐醫生見她繪聲繪影，沒完沒了，打斷她。

「但我呀，相信阿Wing遲早甩掉R，如果他們談戀愛的話。

老實説，R這女子，就是太利害，很難伺候啊！而且，阿Wing心裏一直深愛真生，當然，真生為他擋了槍，又因救他而中金大芝的劇毒，阿Wing和真生才是天作之合⋯⋯這份情，簡直⋯⋯天地動容⋯⋯」Ada走開，啜泣着抽出一張紙巾拭淚。

擋了槍？呀，徐醫生這才想起，檔案記錄，「黑海一號」的子彈傷及真生的肩膊，阿Wing曾為真生處理傷口，這條染血的繃帶，就是當年留下的嗎？嗯，R不是説繃帶上面有HIV病毒，叫她小心嗎？

「R真的找你查身分，是吧？⋯⋯」Ada繼續旁敲側擊，「好，要告訴阿莫，他打賭輸了，哈。」Ada取出手機，對着WhatsApp用指頭寫劃，邊寫邊喃喃自語，「另一『接近消息』人士又透露，R已鎖定目標，展開行動，昨天R追蹤目標人物，老遠跑去沙田的繽紛百貨公司的千島美食廣場，找對方攤牌算帳！」

對於Ada，徐醫生只想儘快打發她走，不理睬她是最好的選擇，Ada仍滔滔不絕，「消息是堅料——當然我不可以透露消息源頭—— 還說那女子認識嘉薰醫生的女朋友雯……」

「夠啦，你別多事。連嘉薰醫生和雯都牽涉在內了，這麼複雜，不覺得頭暈嗎？」徐醫生真受不了，冷冷地說：「Ada，不好意思，這杯Earl Grey涼了，你可以幫忙拿回去嗎？還有，不必為我再沖茶，我不喝了。」

「你知道女子是誰嗎？」Ada又八卦的挨近。

「對不起，我不知道。幫不了你。」

「消息得不到證實喲，那麼，可靠消息或許不可靠……」Ada在手機屏幕上撥來掃去，沒拿回茶杯就意興闌珊的轉身走了。

徐醫生望着電腦上的基因排序，瞄一眼桌上的綳帶和那刻着「繽紛百貨公司千島美食廣場」的紙杯，「唉」的呼口氣。

兩天後，阿漆成功取得蘭姨的信任，隨蘭姨抵達泰國，計劃

北上「金三角」，跟坤嫂會合。由於「金三角」屬三不管地區，龍蛇混集，阿漆孤身犯險，大家都大為緊張。阿Wing、露絲、阿Ken和泰臣隨即飛往泰國，R留守特工基地主持大局，調度所有資源，全力支援阿漆。

2

上午十一時，芷晴約見了嘉薰醫生。

嘉薰醫生檢查她的手臂，傷口癒合得很好。他滿意地點頭，然後撿起放在桌面的文件夾，封面印着「機密」。

「抽血報告也剛出來了。」他告訴芷晴。

「結果怎樣？」她坐直身子。

嘉薰醫生嚴肅而專心的閱讀報告，目光來回掃視幾遍，明顯在反復引證。他的謹慎，多少也令芷晴有點緊張。

肯定資料準確無誤後，嘉薰醫生才展現笑容，説道：「很好，和上次一樣，一切正常。」滿意地對她笑了笑，一邊填寫病歷一邊解釋：「連續三次正常，芷晴，你的病醫好了，不必再復診。」

「真的？太好了！」芷晴禁不住握緊拳頭，屈起右臂像完成一件艱辛工程。

「可以約雯一起跟你慶祝……」

「鈴……」嘉薰醫生案頭電話響起來，來電顯示徐醫生的手機號碼。

「喂，徐醫生，有何貴幹？」

「嘉薰醫生，你在辦公室嗎？」

「嗯，有事嗎？」

「我想找你談談那件槍擊案。」

「我看完這門診有空，你在哪兒？約幾點？」

電話那邊噗哧傳來笑聲：「正在你樓下呢！剛看完芷晴嗎？她還在？」

「對，剛看完她。正要離開。你真神通廣大，怎知道的？」

「哈，你忘了我做什麼？法醫偵探呀！我查案時正要找她，知道今天她在龍頭醫院有appointment，一定來看你了 —— 她的醫療卡寫明只能看你呢！」

「簡直神探！」

「她在就好。你可否叫她等我一下？我來，也為了見她……」

「為了芷晴？」嘉薰醫生待要問清楚，徐醫生已掛斷電話。

嘉薰醫生放下電話，瞧一眼芷晴，心裏不解，徐醫生幹什麼要找芷晴？卻想不出理由。

兩分鐘不到，徐醫生便到達辦公室了。

她把門帶上，向芷晴「嗨，我們又見面了」打個招呼。

芷晴也向她點頭微笑。

「槍擊案有了頭緒？」嘉薰醫生把一張椅子「轆轆轆」的推到徐醫生身旁，請她坐下，自己卻靠在桌邊，三人位置正好組成一個三角形。

「我需要離開嗎？」由於涉及槍擊案資料，或屬機密，芷晴向嘉薰醫生和徐醫生探問。

「不。」徐醫生伸手輕按芷晴的肩膀，示意她繼續坐下，「今天我來，也和你有關。」就向芷晴調皮的眨眨左眼。

徐醫生把一份文件交給嘉薰醫生，報告：「這是傷者的資料，我運用你上次建議的測試方法，套取彈頭表面的血液和衣物纖維。經分析後，證實便利店裏的兩名女傷者，都被特工流彈所傷。」徐醫生看芷晴一眼。

大家心中有數，被特工所傷的，正是芷晴和娥姐。

徐醫生語調一轉，繼續說下去：「四天前，R拿着一個紙杯和一條染血的繃帶找我，請我拿紙杯上的口水漬，和繃帶上的血漬作基因對比。」

「嗯？」芷晴的神色凝重起來。

嘉薰醫生一副「真的」模樣，輕咬下唇，問：「奇怪，她幹什麼？又紙杯又繃帶的，查案嗎？」

徐醫生點頭道：「她的確如此說，但感覺上有點鬼祟。我也覺得奇怪，但R沒透露，只要求我為特工查案去驗證罷了。叫我別問長問短。」

「特工做的，是祕密任務，不許你多問，可以理解。」芷晴保持置身事外的態度。

「想不到R會聘用你當私家偵探。你答應了她？」嘉薰醫生問。

徐醫生聳肩，無可無不可的樣子，用神情交代接受了任務。

「那麼，基因對比的結果如何？」嘉薰醫生蠻有興趣。

「請看。」徐醫生開啟携來的平板電腦。

嘉薰醫生和芷晴靠過去，只見屏幕上，黑紅藍綠的線條，如波浪起伏，波浪上是串英文字母，由ATGC組成，彷如密碼，左邊列了個表，附加一大堆數據，叫人看得眼花撩亂。

「這就是基因圖譜吧？」芷晴問。

「對。」徐醫生用筆尖指着其中兩組英文字，「你們看，這兩組基因排列的次序，分別屬於那兩個R給我的樣本。上面的一組基因排列，來自紙杯上的口水漬。」

芷晴沿着筆尖，心裏念着ATATATGCGCGATG……

「至於下面的這一組，我從繃帶上的血漬中提取了DNA。」徐醫生耐心解釋。

「TGCATGATGCCATG……，並不一樣呢！」嘉薰醫生端詳着電腦屏幕上的基因排序，眉毛一揚。

「結果證實，口水漬和血漬的DNA完全不相同，表示用過紙杯的人和流血的人，並無血緣關係。」徐醫生一錘定音。

「R知道結果沒有？這結果，她滿意嗎？」嘉薰醫生望着徐醫生。

「她知道了。昨天她找過我，我如實相告。」

「她有何反應？」

「她説了一句，哦，人有相似。」徐醫生記得R的語氣，出乎意料的平靜，感覺有點反高潮，大概，結果對R來説，非完全意外。

那日，徐醫生仔細檢查紙杯，發覺紙杯裏面殘留奶茶漬，循例檢查發現紙杯上沒留下指模作分析之用，便從紙杯上的口水漬提取基因，比對繃帶上的血液樣本，發現兩者並不相同。

換句話説，紙杯的使用者與繃帶的使用者，毫無關係。

既已完成對比，不管相同或不同，總算向R有所交代，徐醫生便把紙杯和繃帶擱在一旁，繼續檢驗警方在便利店內找到的彈頭，她把留在彈頭表面的血漬和傷者的基因比對，證實其中一個曾被子彈射傷的人，就是吳芷晴。

可惜娥姐的血液樣本，因警方的手民之誤，錯填了一個身分證號碼，必須重新抽取樣本。作為呈堂證據，在任何細節上都要確保準確無誤才行。

徐醫生查閱電腦，還好，娥姐仍在醫院，獲取樣本該不困難。

徐醫生來到娥姐的病房門前，在簽到簿上記錄時，發現R的名字，三天前來過。

「這名探訪者R得到何Sir批准，為病人錄取資料。」站崗的警員表示。

徐醫生不以為然，娥姐因特工行動受傷，R來查案錄取口供，無可厚非。

娥姐對抽血檢驗毫無異議，只是一點皮肉之苦罷了。住院期間，她已接受太多的檢查，習以為常，抽血電腦掃描縫針拆線打點滴等，所受的煎熬比這大多了。

當徐醫生填寫表格時，娥姐用藥棉按住肘窩，望一眼徐醫生的名牌問：「徐法醫，你會見到和我在槍戰中一同受傷的同事吳芷晴嗎？」

徐醫生小心核對身分證號碼，低頭反問：「為什麼這麼問呢？」

「前幾天有位女特工找芷晴，說找她不着。」

「她有說幹什麼找芷晴嗎？」

「好像有要事。唉，那女特工來了兩次找芷晴，留下卡片，只是芷晴沒聯絡她。我不明白芷晴為什麼不聯絡她。」

「如果要找芷晴，女特工應該聯絡警方，看我們能不能幫上忙。謝謝。」徐醫生把身分證還給娥組。

「也對。她沒找你們嗎？神神祕祕的。」娥姐收好身分證，本來還想告訴徐醫生特工願意雙倍賠償她和芷晴的損失，但不知道是否祕密，就沒說下去。

神神祕祕？R神祕地查芷晴？Ada所說的神祕女子，就是芷晴嗎？徐醫生帶着這疑問關上病房的門。

這問題像附在鴨背的水珠，一下子就過去了，她並沒深究。現在拿起娥姐的基因圖譜分析，心忖，嗯，這基因得來也有一番轉折呢！突然娥姐的話又浮現腦中——R正追查芷晴！

徐醫生回想，阿Wing在醫院橫衝直撞，追逐一名疑似真生的女子，那時，芷晴正好出院。

是湊巧？還是芷晴疑似真生？

究竟，吳芷晴在R與阿Wing之間，有什麼牽連？

Ada說，R在繽紛百貨公司的千島美食廣場追蹤目標人物。那個印着「千島美食廣場」的紙杯，用過的人會不會就是芷晴？

R的要求，必有原因。

一個念頭，如刀鋒割開皮膚，揭露了一個假設——口水漬和繃帶上的血漬，或許與芷晴有關！

在好奇心驅使下，也為了證明自己的推斷，她把口水漬的基因拿來，輸入電腦，和芷晴的比較。

但她發現，自己的假設錯了，口水漬的基因和芷晴的不符。

然而，口水漬不屬芷晴，會是誰的？當她有興趣找出答案時，電腦已開啟自動搜尋系統，把輸入的圖譜與警方的資料庫內的許多執法人員和匪徒的基因比對。

一經比對，竟得出一個吻合結果——口水漬竟然來自嘉薰醫生。

啊，R錯拿嘉薰醫生的杯子，擺烏龍了！徐醫生如此想，但想深一層，卻覺不妥，以R的精明、幹練，錯拿的機會微乎其微；另外，平滑的紙杯表面，為什麼沒留下任何指紋？嘉薰醫生素來喜歡喝檸檬茶，為什麼會改喝奶茶？

疑點如濃霧聚攏，事件潛藏不為人知的祕密，但細心一想，她腦海中閃過另一個截然不同的可能性，如陣風掠過，濃霧化開，景象開始有了輪廓……

徐醫生輕鬆的看着嘉薰醫生：「嘉薰醫生，你好厲害，移花接木的技巧，騙了R，幾乎把我也騙了呢！。」

「移花接木？形容挺妙。」嘉薰醫生含笑高舉雙手，像個偷吃巧克力的頑童，被人發現忘記抹嘴，惟有投降，沒有承認，也沒作抗辯，只是豎起拇指，讚道：「好觀察力。」

芷晴望着他倆，一副糊塗的模樣，知道事件來到關節處，不想問長問短打岔。

「我想，嘉薰醫生費盡周章，叫杯奶茶，先抹掉紙杯上的指模，再把紙杯移形換影，製造假象混淆R，該有目的吧？」徐醫生伶俐的眨眼，說話不徐不疾，像 層又一層的把洋蔥皮剝去後，就剩下包裹着的真相——

那天，在繽紛百貨公司。

嘉薰醫生在停車場把Ford泊好，步入千島美食廣場，遠遠看見R在樓下，準備踏上扶手電梯。來者不善，決非巧合。嘉薰醫生馬上跑到雯和芷晴身後示警。她們正喝着奶茶，不知R即將「殺到」。

嘉薰醫生催促她們分頭離開之後，閃到旁邊的食檔，也購了一杯奶茶，躲在一角監視。R的目標果然是芷晴。芷晴由出口A逃，R往出口A追。雯雖然「奮不顧身」攔阻，但給R嚇退。

嘉薰醫生頗了解R，這趟芷晴即使僥倖逃脫，R仍會徹底追蹤。以R的性格，鍥而不捨勢所難免，為令R終止追查真相，必須設計「引君入甕」。

他趁R和雯都穿過出口A，便跑回雯和芷晴先前所坐的餐桌，取走芷晴的紙杯，留下自己的紙杯，遺下一條錯誤的線索，誤導R，令她死心……

嘉薰醫生拍掌，欣賞徐醫生的聰明：「徐醫生，進了法醫部後，你心思變得縝密，探案手法也精準高明許多。」

「抽絲剝繭，你教我的呢！」徐醫生以黠慧的眼神回敬嘉薰醫生，「於是，新的問題出現了，到底什麼原因，令嘉薰醫生挖空心思，設計誤導R呢？」徐醫生嚴肅的挺直腰板，轉眼瞧着芷晴，「也是說，為什麼嘉薰醫生要如此維護芷晴？」

芷晴欲言又止。

嘉薰醫生搶先回應，以退為進：「這個謎團你能解開嗎？」

「本來也沒百分百把握，但如果繃帶上的血漬真如所料來自真生，我的推斷成立的機會幾乎百分之一百了……」

徐醫生做研究，一向心細如塵，多方思考。這是她的強項——

她分析完紙杯上的基因後，把攤放桌上的報告收集，分類，放進文件夾，她撿起一張報告，目光審視來自繃帶血液的基因圖譜。

基因圖譜給她電殛的感覺，好熟悉的圖譜，像在哪兒遇過？她翻出手上的資料，把基因圖譜輸入電腦，電腦掃描數據，熒幕出現一個漏斗，寫上：「比對進行中，正顯示 10%相同……」

「正顯示 20%相同……」

「正顯示 50%相同……」

「正顯示 80%相同……」

「比對完成，100%相同的目標人物如下。」

電腦出現了一個名字：槍擊案傷者吳芷晴。

繃帶上的血液基因，和芷晴的相同！

她背脊發麻，愣住好一陣，太奇妙了！她的心「卜通卜通」的跳，喝下兩口熱Earl Grey，才稍為鎮靜下來……

「從槍擊案中，我發現芷晴和真生擁有相同基因。」徐醫生在辦公室內，目光來回在嘉薰醫生和芷晴身上掃，像發現了一個天大祕密。

芷晴整個人僵住，囁嚅：「你知道真相了？」面對徐醫生探求真相的眼神，她倏地把視線閃開，垂下眼瞼像逃避什麼。

「對，」徐醫生笑着回答，「原來你和真生，是孿生姊妹！」

「我和真生是孿生姊妹？」

嘉薰醫生摘下眼鏡，一邊搓揉眼睛一邊回答：「真生已經離開，你這推斷也正確。」

「芷晴，請恕我多事，意外地發現了這件事。」徐醫生一臉抱歉，眼神柔和下來，「未經你同意，我不該再查下去，我已經查得太多了，也不便多問你和真生的關係。」望向嘉薰醫生，語氣滿帶自圓其說的味道，「基因畢竟屬個人私隱，醫生不可以擅自研究太多，這有違醫德。我到此為止。」

「你懂得停在這裏，」嘉薰醫生瞄芷晴一眼，「芷晴亦不會跟你計較。」又對徐醫生輕點頭，一切盡在不言中。

「嗯。」芷晴早已讓嘉薰醫生替她出主意。

徐醫生對芷晴説：「難怪嘉薰醫生千方百計，製造假象不讓R發現你了！阿Wing對真生念念不忘。我看R這人，死心眼的，原則性極強；真生和阿Wing的過去，會是R心中的一根刺，若真生的孿生姊妹現身，R和阿Wing往後的感情生活，必定無風起浪。對不？芷晴。」

「也許是吧。」

徐醫生嘴角微翹，接着說：「前天晚上，我有股衝動，就把真生離世的資料重看一遍。」

嘉薰醫生滿有戒備的套上眼鏡：「你有發現什麼嗎？」

「只有唏噓呢！」徐醫生流露多愁善感的一面，「如果是今天，真生也不致中毒身亡吧！三年前毒理科的楚醫生證實真生中的劇毒，提煉自類人猿Simian，從前是不治之症的『類人猿苗疆蟲毒』，現在卻有了療方。」

「啊！」芷晴瞪大雙眼。

徐醫生噗哧的笑出來：「其實只是理論上的療法罷了，相信沒人敢試吧。類人猿和人類的身體結構相似，亦會感染和HIV（Human Immunodeficiency Virus）相似的病毒SIV（Simian Immunodeficiency Virus），奇妙的是，SIV在類人猿身上不會造成傷害，與HIV影響人類很不同，原因相信是與SIV已感染猿猴幾百年，幾經演進，猿猴早適應了病毒有關。這為醫治『類人猿苗疆蟲毒』提供理論基礎，上年楚醫生在期刊上發表的動物實驗報告顯示，金大芝的類人猿苗疆蟲毒，殘留變種的SIV病毒，和HIV病毒相煞，互相箝制相互抵消，以毒攻毒下最後兩者都會在體內消失。」

「哦，很複雜呢！」

「醫學上，利用含劇毒的砒霜以毒攻毒，醫治急性白血病，和這情況同出一轍。」徐醫生怕芷晴無法掌握，舉例補充。

嘉薰醫生左右搖動食指，彷彿提醒徐醫生：「但砒霜的劑量必須拿捏得準，否則未醫好病人之先，已令病人中毒死亡。也就是說，金大芝的苗疆蟲毒如果太強，真生最終亦難敵中毒身亡。」

徐醫生點頭同意：「但我更可惜的是，真生設靈入葬的日子，阿Wing一直沒看她一眼。」

「這也難怪，阿Wing也許不忍心見女朋友死去的樣子。他只會把真生留在心裏。」

「你真了解他。」嘉薰醫生抱着胳膊附和芷晴，「他的確是那麼樣。」

「阿Wing用情深，對往事無法忘記。」徐醫生站起來，走到窗前，遠處是一片平靜的海面，輪船拖着雪白的浪花，緩緩行駛，她注視一陣，感觸起來，帶點總結意味的說：「千帆過盡，不管怎樣，都過去了。」回頭對着芷晴，「關於你和真生的關係，我就到此為止。我不會主動告訴阿Wing或R關於你和真生的關係，你認為怎樣？」

「謝謝你，徐醫生。」芷晴會心地笑了，「真生已經走了，我不想阿Wing和R纏着我，總放不下她呢！」

徐醫生伸出手，和芷晴握了握，道別說：「我尊重你的決定，明白你的意思，大家都為了阿Wing和R。」

3

徐醫生走後，在靜悄悄的辦公室裏，嘉薰醫生和芷晴各懷心事，相對默然。

芷晴別過臉，注視窗外的海港，波光粼粼，如流金的歲月，那天的事情，如舊電影昏黃的畫面展現眼前——

當她迷迷糊糊的醒過來時，嘉薰醫生和曹博士正站在牀邊。她的手被一隻溫柔的手握住，那是雯。

三人的眼神熱切的望住她，帶着驚喜。

「醒來了！真生醒來了！」是雯雀躍的聲音。

「我…… 我死了嗎？」她嘟噥。

「真生…… 你……」嘉薰醫生向她解釋，「你中了金大芝的劇毒，我們正全力搶救。我們曾把你放進隔鄰的培養箱裏，想不到對你有幫助，讓你清醒過來。」

曹博士補充：「你的毒很奇怪，毒性很強，又難以預測，我們對它毫無頭緒，你的情況時好時壞，幾小時前心跳呼吸血壓都處於危殆水平，一小時前卻突然穩定，我們就把你帶出培

養箱，回病牀上。」

「真生，你情況好轉，有誰想見嗎？」雯問。

「阿Wing呢？」真生左右顧盼。

曹博士告訴她：「他在你昏迷時，去找金大芝取解藥。」

「金大芝——」真生的眼神空洞，把七零八落的意識拼湊，才理解事件的始末。環顧沉寂的病房，有氣無力的問：「其他人呢？」

「金大芝狡猾非常，阿漆、阿Ken、露絲等都配合阿Wing，合力圍捕金大芝。」嘉薰醫生抿嘴。

「真傻！金大芝哪會容易找到？金大芝是危險人物，他們會有危險嗎？」

「你想見他們嗎？我找阿Wing，叫他馬上收隊回來！」雯取出手機，正要撥號。

「不，我不想干擾他們。」真生止住雯，頭仍痛得很，她轉向嘉薰醫生和曹博士，「嘉薰醫生，我中毒的情況怎麼了？」

「你體內的毒素很不穩定，時高時低，最新報告顯示，它

正處於低水平，你暫時會舒服一點，但不知道能維持多久，也不肯定下一浪的毒素會有多嚴重。」曹博士沒有把估計的廿四小時的生命倒數告訴她，這消息對她未免太殘忍了，惟有大略的解說：「總之，還沒有渡過危機期。我和嘉薰醫生對這毒素毫無經驗，現在是摸着石頭過河。」

「所以，」雯插嘴，「趁着你清醒，把阿Wing叫來，見你一面！」

「也對，抓緊清醒的時間，」嘉薰醫生托起眼鏡，手指敲在架在病牀端旁的桌面上，表示同意，「阿Wing知道你只剩下廿四小時，像失了理智，馬上進行海陸空圍捕金大芝。可知他有多着緊你。」

「這樣的機會很難得呢！況且你的情況……」曹博士把「並不樂觀」嚥下去，轉換語氣鼓勵真生，「不知可維持多久，要把握相聚的一刻。」但話才說出口卻有點後悔，像大限臨頭似的。

「也是說，我會隨時再次失去知覺，昏迷不醒？」真生放

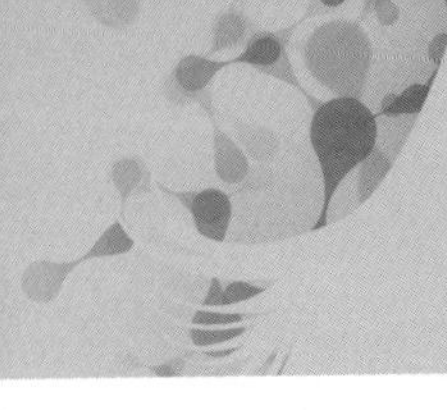

慢語調，愁眉深鎖，對三人大堆的說話無所適從，也感到頭昏眼花，腦袋像埋了個正在膨脹的炸彈，喉嚨處有烈火燃燒。

嘉薰醫生和曹博士對視一眼，瞧着真生微微點頭，如實相告：「最好有這樣的心理準備。」

「如果是這樣，我情願不見阿Wing，我不想他為了兒女私情影響軍心，趕來趕去為見一面，何苦呢？」真生心亂如麻。

「難道你不想見阿Wing？」曹博士反問真生，這時他的手提電話在口袋不安分的跳動。

「喂，露絲，對，我是曹博士……情況怎樣？……阿Wing在澳門機場追捕金大芝時傷了左腳，正流血？走路一拐一拐，沒其他大礙吧？……什麼？阿漆連同黑鷹直升機墜入海中，阿Ken躺在地上……阿漆左手肋骨撞斷……好，放心，我會調動醫療小組，隨時候命，替他們治療……真生？」曹博士望了病房各人一眼，說：「情況仍不理想，我和嘉薰醫生會盡力而為。再談，再見！」

「阿Wing、阿漆和阿Ken都受傷了？」嘉薰醫生憂心忡

忡，「真生，我覺得這行動的確很危險，暫時把阿Wing喚回來，重新部署也好。」

真生呼口氣，想一下，臉容掛上堅定神色，拿定主意，對三人說：「我不想特工因我而受傷，為了他們的安全，你們可以幫我找阿Wing回來嗎？我想見他一面 —— 最後一面。」

雯聽到「最後一面」，馬上鼓勵她：「真生，你別太悲觀，你現在可以清醒，說不定下次病情也會再次好轉。別放棄呀！」

「不，雯，如果我昏迷，阿Wing仍會為我的生命挑戰金大芝，危及特工同僚，太不值得了！」真生解釋，「而且我中了金大芝的劇毒，又感染HIV，不可能完全醫好了，即使現在生命保留下來，日後總有一天會病發身亡。」真生的眼神彷彿作了重大決定，喘着氣卻字字清晰，三人屏息，聽她的「遺言」：「我不希望阿Wing再為了我，不顧安危，也不想日後連累他，成為他工作和情感的包袱。他有他的將來，這次是我和阿Wing最後一次見面。」

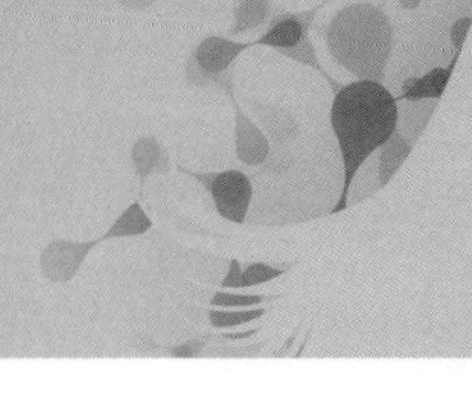

「你的意思是……」嘉薰醫生有種不祥的預感。

「這或許是我最後一次清醒，或許不是，但無論如何，我希望你們幫我安排一次死亡，讓阿Wing對我死心。」

「你是說，假裝你死了？」曹博士訝異。

「這樣阿Wing會很傷心的。」

對於雯的話，真生點頭，但心意已決。她肯定地說：「痛楚只是一刻。但是只要我繼續存在，就會連累阿Wing，長痛不如短痛。這樣對我們都好。我無怨無悔。」她熱淚盈眶，兩行淚水滲出眼角流往耳朵裏去，雯為她揩抹。

真生在一陣嗆咳聲後，有點疲累的繼續說：「我只是想特工組人員安然無恙，多見阿Wing一面，對他說最後的叮囑。一面，就心足了。」

大家沉默下來，心情七上八落，考慮真生的建議。

「我的病情反復，隨時會死去，你們就當是成全末期病患者的遺願吧！」見大家面有難色，真生語帶哀求。

「真生，我尊重你的意願，」曹博士對她的病情，實在沒有把握，首先表態，「謝謝你，為特工，為阿Wing作出這選擇。」

嘉薰醫生和雯對視片刻，認為真生和曹博士的話不無道理，也表示同意：「真生，你病況危急，想的仍是他人，很了不起。為你，阿Wing連命也不顧了，再這樣下去，會連累特工組員。收隊的確對阿Wing比較好。」

「即使我們願意配合，你也不可以自暴自棄！嘉薰醫生和曹博士仍會搶救你，你要堅持下去，若主願意，等你好了再作打算。」雯鼓勵真生。

嘉薰醫生見真生眉宇之間閃動痛楚神色，走到牀邊調校點滴份量，加強止痛藥和免疫蛋白的劑量，好令她舒服一些，卻發現藥物的劑量已調至最高，病情再差下去，他是無計可施了，就暗地歎口氣，唏嘘道：「為了阿Wing，也為達成你的心願，我們如此安排吧！」

「謝謝你們完成我的心願。在天上我不會忘記你們。」真生破涕而笑。

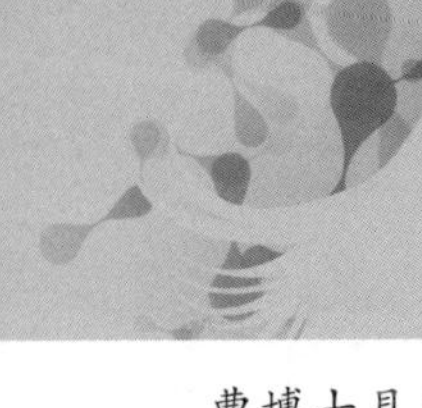

曹博士見各人同意，說：「你假死後，為免惹人懷疑，我會移花接木，安排一個與你相像的塑膠假人放入盛屍體的袋子，循序舁送殮房。」

嘉薰醫生點頭，仍有憂慮：「但出殯時，如果阿Wing要瞻仰遺容，以他對你的深厚感情，不難察覺異樣。我怕那時會出事。」

「人死後容貌稍變不足為奇，而且，我相信阿Wing不會看我的，」真生很了解阿Wing，「他不會忍心目睹我死去的樣子。死後，他只會把我留在心裏。」

嘉薰醫生提醒真生：「你的病情反復難測，如果病情轉好的話，由於葉真生已作古人，你出院後就不可以再用葉真生這名字。」

曹博士同意嘉薰醫生，說：「這不難，我可以安排一個新名字、新身分給你。」為真生製造一個新身分，對特工出身的曹博士，易如反掌。

「沒問題，」真生想也沒多想，回答得斬釘截鐵，像早已打定輸數，「這機會渺茫得很，即使可以醫好我體內金大芝的毒，我遲早也會因愛滋病而死，用什麼名字都不打緊。」

嘉薰醫生、雯和曹博士面面相覷，想了一下，點點頭，達成了共識。

真生乏力的眨一下眼，嘴角微彎，得到三人的幫忙，她倍感安慰，有神無氣的說：「謝謝大家。HIV仍是不治之症，當我身體稍好，便會離開香港，在外地悄然度過餘生，阿Wing找不到我的，我也無需再見阿Wing，向他解釋。我離開後，阿Wing或會哀傷一段日子，但幾年後，當他遇上合適的對象，開展了另一段感情，或許會把我忘記，」說到這裏，覺得太傷感，就說：「那時他忘記我，就像我忘掉他一樣，彼此互不相欠啊。」

大家卻擠不出半點笑容，雯圓睜着雙眼，把目光移開，瞥心電機一眼，一個綠點在起伏跳着，生機蓬勃的劃出波浪形狀，就問嘉薰醫生：「但真生現在好好的，心跳不止，如果阿Wing陪着她，怎樣證實死亡？」

「這倒不難，」嘉薰醫生來到牀邊，輕扯其中一條電線，對真生說：「只要把這條接駁心臟的線路移除，心電圖便呈一直線，和死人無異。」

真生在被子裏把接駁身體的線路用勁一拉，心電圖旋即發出「嘟嘟」聲響，屏幕果然出現一條直線，真生合上眼睛，把頭一側，把大家逗笑了。

「真生假死時，嘉薰醫生不可以在場，」曹博士托着腮，深思熟慮，「因為作為真生的朋友，嘉薰醫生在死亡時不進行搶救，阿Wing會懷疑，而且捏造體檢報告和死亡時間，有違醫德，會被除牌的。我會安排一名男特工，喬裝醫生，就可避免破綻。」

「為了逼真，真生也要作『死前預設』指示，表明瀕死時不作急救，以免阿Wing要求醫生搶救。」嘉薰醫生從排板裏抽出一張「死前預設」申請書，遞給真生。

真生抿着嘴巴，一臉疲憊的簽了「拒絕急救」的同意書，曹博士揚聲道：「好吧，現在我們去通知阿Wing，說由於你身體狀況複雜，很難拿捏計算針藥劑量，你甦醒的時間來早了。」

「唉，真生，你怎麼了？」雯見真生迷迷糊糊，放軟身體，快沉沉睡去，推她幾下，她才惺忪雙眼。

「我很累，想睡一睡，請你們儘快安排阿Wing來…… 來見我。」說完拉上被褥，倒頭就睡。

雯讓開牀邊的空間，嘉薰醫生彎腰，架起聽筒檢查真生，又審視生命的探測讀數，曹博士輕聲對雯解釋：「真生的免疫系統極紊亂，似乎對體內潛藏的毒素產生強烈反應，令毒素水平很飄忽，人也時好時壞。」

嘉薰醫生收起聽筒，再細閱最新的血液報告說：「真生的心肺情況並不理想，含氧量也下降了，是體內毒素升高的癥狀，但仍沒有生命危險。我們還是照計劃行事吧！」

那天，阿Wing負傷趕回來，見真生最後一面，同唱《與主面對面》，說了要說的話，享受了最安然的一刻。

之後真生的心臟監測儀出現了一條又平又直的綠線，阿

Wing叫醫生來，一位男醫生以無關痛癢的口吻宣布真生的死亡時間。

設靈、出殯和舉葬時，阿Wing都沒到場，那邊廂真生一直昏迷，當嘉薰醫生和曹博士憂慮她不會再甦醒時，上帝卻奇妙地把她挽回。一年來，她病情起伏飄忽，一次又一次被推向死亡邊緣，撕裂的痛楚、昏迷、清醒、再痛楚……循環了數遍，隨着經驗的累積，嘉薰醫生和曹博士逐漸掌握了藥物的劑量，經過許多次試驗性的治療後，真生終於頑強地走出危險期，死裏逃生。

每一趟清醒，真生的精神愈見起色，當雙腿踏出醫院時，她深吸口氣，讓新鮮空氣填滿肺部，那是一種飽滿的感覺，也有一趟劫後餘生的舒暢……

之後她離開了香港，在世界不同地方流浪，間或回港，也只是往嘉薰醫生處復診，檢查發現，她體內的毒素和HIV病毒量，互相箝制，指數奇妙地逐漸下降，最近三次的血檢，毒素和HIV病毒量都降至無法測量的水平，界定為完全康復……

海面閃着金光，芷晴把目光放遠，沒有正視嘉薰醫生，滿懷感慨：「真諷刺，金大芝以為劇毒可置我死地，萬想不到反而救了我。」

「那麼，你會恨她，還是多謝她？」

「愛和恨，有時很難講呢！金大芝作惡多端，卻也是個有情人，愛她的女兒。她也是你的舊情人，你對她，也又愛又恨吧？」

「感情事，的確欲說無從。相信你、阿Wing和R的三角關係，也一樣。」

「別再講了，已夠亂了。」芷晴苦笑，頓一下，滿懷心事的問：「嘉薰醫生，你認為徐醫生真的相信我是真生的孿生姊妹嗎？」

嘉薰醫生聳聳肩：「我不很肯定，但她離真相只差一小步，以她的探案技巧和智慧，她大概已掌握真相了。」

「她知道整件事了？」

「徐醫生是聰明人，心思縝密，只要她比對吳芷晴和葉真生的指紋，一切就有答案了。每人的指紋都不相同，包括孿生的。」指紋的組成與在母腹中的位置和環境有關，而非單純由遺傳決定，即使「同卵雙生」的雙胞胎，指紋也相異。

「真生死後，還可以追溯指紋嗎？」

「你曾是警察，難道不知道指紋存在舊檔案裏？而且你忘了有個情癡阿Wing，真生的任何東西他都留，指紋在平滑的表面，可以存留超過十年呢！」

芷晴望向嘉薰醫生，平靜的問：「奇怪，如果徐醫生知道內幕，為什麼不揭穿我們呢？」

嘉薰醫生的目光，從遠處移回芷晴，又遙望海岸線，會心的莞爾：「徐醫生大概明白，有些事，比眼前的真相重要，就保守這祕密了。」

祕密？對，祕密。芷晴看嘉薰醫生側面一眼，微笑的把視線移開，望海。她是一個敏感的女孩子，剛才發現，每當嘉薰醫生說話時，徐醫生都會用心聽，眼神望他時充滿溫柔欣賞，像祕密地、默默地支持他。芷晴掌心再一次感覺到徐醫生臨走前握着她的手，滲透着一份認同、欣賞和鼓勵。她想，嘉薰醫生，你並不了解女孩子，為了自己喜歡的人的好處，祕密地付出，不計犧牲，是一件幸福的事，這點，芷晴相信，徐醫生是明白她的。

「姑娘，好心施捨個發財錢。」

徐醫生看見老婆婆可憐，便停下來，摸摸外套的側袋，找到一個一角硬幣。她慣用「八達通」購物，身上向來沒零錢，這個一角硬幣也不知何年何月收在袋裏。給老婆婆一角，未免太小器，她掏出錢包，抽了一張十元紙幣，連同那個一角放進老婆婆的小鐵罐之中。

一角硬幣撞着錢罐底部，發出一聲低沉而短促的「錚……」

「錚……」

耳機傳出金屬互相擦撞的聲音。

R除下耳機，想了想，便拿起手機，按鍵。

電話接通。

「我是阿Wing，現在不方便接聽電話，請留下口訊，我會儘快覆你。」

「嘟——」

「阿Wing，是我。有一件事，我要讓你知道……」

後記一 真生的「依醫不捨」

陳嘉薰

《毒匣》出版後，有小讀者電郵給我，抗議科慶又寫真生，說他不該在《再見真生》（2004年出版）裏把真生「弄死」，阿Wing老在撫今追昔，想念真生，拉拉扯扯。

小讀者給我對「Q版特工」的意見，我見慣不怪，在一些聚會或分享會中，甚至有讀者拿着「Q版特工」的書請我簽名，把我和科慶混淆。發生這情況，相信因為我和科慶友好，加上我和他合著了《生死X緣》和《隱市狂徒》吧。

真生是「Q版特工」系列中重要的人物，是阿Wing的舊情人，讀者對她情有獨鍾，卻在早期的《再見真生》中死去。科慶常說，故事人物的悲歡離合，並不全權掌握在作者手中，創作時故事角色和作者是互動的，因此如果真生在當年要死，我相信科慶無論多喜歡她，也欲救無從。

奇妙的是，因為這封電郵，真生開始問我可否令她「復活」。

復活？九年前，真生要在科慶的手中死去，現在卻「依醫不捨」！

讓真生復活？太超現實了！

複製人嗎？老掉了牙。孿生姊妹？毫無新意。

況且無論複製人或孿生姊妹，都會因性格或成長環境的相異，不會是「百分百」純正的真生，意義不大。

最重要的是，真生的再現會為「Q版特工」帶來翻天覆地的震盪。阿Wing和R，儘管若即若離，始終是情侶，可惜阿Wing對死去的真生，念念不忘，朝思暮想，於是相愛的無法共對，共對的卻並非最愛，這情感狀況已夠煩人，如果真生再現，三角關係該如何收科？

我把真生的死亡故事重讀一遍，意識到幾個點子可以發揮延展，且有醫學理據支持，令真生「死裏逃生」。但寫真生，必須先徵求科慶同意，一同合作才行。我害怕一旦貿然完成文稿，留下錯綜複雜的感情瓜葛給科慶善後，他會殺死我。

有一次遇上科慶，我問他：「如果我可以令真生『復活』，你認為如何？」

科慶是個爽快的人，直說：「很好，真生的故事我幾乎寫盡，汁也撈了，你有新元素最好。」

「如果真生復活，阿Wing和R往後的感情事就會很棘手。」

「哈哈，別理這些了，講好故事再說。」他笑道，彷彿一切自有安排。

既然故事的人物總有他們的出路，既然已問准科慶，我也不客氣下筆了。

我先來，故事的第一稿，是阿Wing發現芷晴，一直追查下去，當中加入推理和醫學元素⋯⋯ 老實說，寫完後我有點沾沾自喜，天真的認為故事該很完整、無懈可擊吧？但到科慶手後，視野瞬間改變，他讓R介入事件，注進新的衝突、人物和偵查元素，再配合「Q版特工」27至28集的內容，讓原本單薄的故事馬上立體豐富起來。科慶擅於延展故事，推進情節，一樁感情事變得更複雜耐讀，也更扣人心弦。也因為人物和枝節多了，線索的鋪排就得更用心經營，推理也得格外細緻嚴謹，就令故事

更峰迴路轉，有趣多了。

這是合著的美妙之處，也是最好玩的地方，與高手過招，故事情節的發展往往出人意表，擦出料想不到的火花。過癮！

科慶，在日後的「Q版特工」中，你得小心收拾這「三角愛情攤子」！我走了，和讀者隔岸觀火，見證阿Wing、真生和R「三角關係」的發展！還有，如果讀者對「三角戀」有什麼意見，請記得找科慶啊，哈哈！

後記二 R的一次機會

梁科慶

嘉薰以《毒匣》的沙咀道槍戰作為《真生再見》的切入點。

難題來了。槍戰以後，阿Wing便離開香港。

故事的發生時間，不等同小說的出版時間。《毒匣》跟《裂島》的出版相隔三個月，兩集的情節交接不足一天，阿Wing與R即日飛往高雄。《暗域狙擊》距《裂島》四個月問世，阿Wing由福州回到高雄亦是一、兩天內的事，之後再轉戰泰國。換句話說，阿Wing留在香港的空隙，極為有限，不足夠承接真生「復生」後的矛盾衝突。

如何是好？

福州之行後，R留在香港，由R「面對」真生，變得順理成章。

一想到這點，我不禁心頭一凜。以R的執著、用情之專和深，真生不在人世，尚且吃醋，如今面對活生生的真生，嘩！

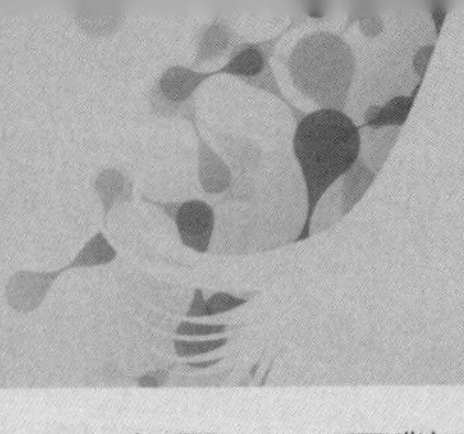

比起阿Wing面對真生，更激烈，更淒美，更難抉擇，當然也更難寫。

真生死後，R成了阿Wing的女朋友、Q版特工的女主角。然而，讀者始終懷念真生，稱真生為「Q版特工永遠的女主角」。讀者始終不接受R，最經典的例子，2009年我到真光中學演講，透露稍後出版的《幻見》內容，説阿Wing和R即將分手，引來全場鼓掌。

為何這樣？

也許，R欠缺一次機會。

錯有錯着，這趟R的機會來了。

當我寫到「停車場追蹤」一幕，R的表現令我執筆的手微微發抖，幾乎寫不下去。我極少這樣。記憶中，上一次「手震」，是寫《再見真生》的阿Wing。

如果《再見真生》是讓阿Wing飛躍的一本書，那麼，《真生再見》是讓R脱穎而出的機會。

R太可愛了。

網友留言節錄：真生復活？

梁科慶官方書迷會主席：

阿Wing這俠士需要一個溫柔的女朋友，R這個爭人爭權爭資源的凶惡上司始終配不上阿Wing。

真生復生是天大的喜訊，只是嘉薰醫生不是耶穌，怎能令死人復生？

我猜真生其實沒死，只是被嘉薰醫生凍結，現在有了金大芝的血液，嘉薰醫生就可以救回她了。

希望真生不會再死，因為真生是女主角，「Q版特工」永遠的女主角。

何曉諾：

起死回生，寫得好絕對不容易── 因為劇情要合理、不牽強。兩位大作家再次交手挑戰難度，令我十分期待！

Esther Ho：

很多人認為真生與阿Wing是最相襯的，因此不喜歡R。雖然我認同真生與阿Wing是最相襯的，然而，我也挺喜歡R。若真生重活過來，兩女總有一方要退出。唉…… 無論是誰，這也太殘酷了！

Yui Ni Chan：

其實R和真生我都喜歡。可是，我更希望R和阿Wing最後可以一起。要知道，真生已死了，我寧願真生活在阿Wing的思念中多於重生。R在真生死後才跟阿Wing一起，倘若真生復活，R說過一定會自動消失，這對R未免太殘忍了吧……

Kai Sosoxd：

真生可以復活，我真係好開心。之前睇《再見真生》，我睇吓睇吓睇到喊，係我第一次睇書睇到喊。我一直都好想真生復活，但係我知道係冇可能，而家有個機會可以再見到真生，希望真生唔好再死，唔好再傷我哋成千上萬「Q版特工」迷嘅心靈!!

Alvin Wong WingHung：

而家阿Wing真係可以再見真生啦!!（唔係幻覺，更加唔係複製人!!）可喜可賀!! 阿Wing終於唔使日思夜想，為真生的死傷心！不過現任女友R會否吃醋or反面？真係做成了好多衝突！好想知道阿Wing、R同真生的最後結果係點樣！

MrPig：

早前真生有如曇花一現的出現在書中，我覺得十分可惜，今次真生重新復活，加上嘉薰醫生和梁科慶先生crossover，真是令我十分期待。

樂瑤：

真生可以復活，我當然開心到彈起，但一想到阿Wing要困在兩難中，便會替他難過。老實一句，有時我真的寧願R從來沒有出現過…… 唉…… 可惜要出現的終須出現。

吳嘉浚：

真生復活對阿Wing亦好亦壞，好是心上人復活，壞是R的病情捲土重來以及阿Wing不知如何面對R。

Kelly：

很想知道真生出現的話，她會做什麼工作呢？還有希望R 和真生不要為阿Wing有爭執，無論阿Wing、R和真生的結局如何，也只希望大家開心地活下去。

Tommy Wong：

真生、R與阿Wing的感情線錯綜複雜。假如真生沒有死去，阿Wing會選擇誰？實在令人期待！